Galsan
Tschinag

# Die Karawane



Unionsverlag
Zürich

Die Originalausgabe erschien 1997
im A1 Verlag, München.

*Im Internet*
Aktuelle Informationen,
Dokumente, Materialien
*www.unionsverlag.com*

Unionsverlag Taschenbuch 268
Diese Ausgabe erscheint mit freundlicher Genehmigung
des A1 Verlags, München

Rieterstrasse 18, CH-8027 Zürich
Telefon 0041-1-281 14 00, Fax 0041-1-281 14 40
mail@unionsverlag.ch

Umschlagkonzept: Heinz Unternährer, Zürich
Umschlagfoto: Amélie Schenk
Druck und Bindung: Clausen & Bosse, Leck
ISBN 3-293-20268-3

Die äußeren Zahlen geben die aktuelle Auflage
und deren Erscheinungsjahr an:
1 2 3 4 5 – 06 05 04 03

# Prolog

Ich will Geschichte machen. Die Menschen halten mich für verrückt, zunächst fast alle, zum Schluß nur noch wenige. Ich weiß, was ich tue, und kein Gerede ist imstande, mich von dem Weg abzubringen, der vor mir liegt und wie vom Schicksal vorgezeichnet scheint. Am Morgen des Tages, an dem ich die Heimatecke verließ, bekam ich von den Eltern meine Aufgabe im Leben zugewiesen. »Gakaj ist unser Kind«, sagte Vater mit Blick auf den um drei Jahre älteren Bruder, der neben mir saß und friedlich kaute, »und so wird er sich auch um uns kümmern. Dich aber«, und er schaute mir fest in die Augen, »entlassen wir, auf daß du weiterkommst, mehr lernst und auch mehr auf dich nimmst als er und jedes andere der Geschwister. Denn Du bist des Volkes Kind, und so ist dir der Altai die Jurte, und der Stamm Vater und Mutter.« »Seit Generationen, zumindest soweit unser kurzes Gedächtnis zurückreicht, sind deine Vorfahren die Stützen des Volkes an den fünf Flüssen gewesen«, meldete sich Mutter, die links neben Vater einen halben Hintern weiter zum Herd saß, »und es hat seinen Kopf mit dem vorausschauenden Auge und der Entscheidungen fällenden Zunge immer in eurer Sippe gesehen.« Darauf hatte ich nichts zu erwidern. In unserer Sprache brauchen Worte Stille, um anzukommen. Mit der Zeit waren sie erst einmal an mich gerichtet, und ich war achtzehn Jahre alt.

# Die Geschichte beginnt mit Verspätung

Am ersten Tag des noch winterlich kalten mongolischen Frühjahres verläßt ein Lastwagen die Hauptstadt in südlicher Himmelsrichtung. Den lackneuen Viertonner fährt ein junger Bursche, der durch seinen dünnen Hals und die abstehenden Ohren noch wie ein Kind wirkt, der aber mit dem Schicksal behaftet ist, das älteste von vier Geschwistern zu sein, und so frühzeitig von der Kindheit hat Abschied nehmen müssen.

Neben ihm sitzt sein Vater, der erst am Morgen zu ihm gesagt hatte, ab Stunde seien sie zueinander nicht mehr Vater und Sohn, sondern Häuptling und Fahrer, und dies solange, bis sie wieder zu Hause angekommen seien. Er, der Häuptling, sitzt unbequem, denn seine ausgestreckten Beine liegen auf zwei prallen Säcken, die das geräumige Fahrerhaus mit der schönen lederbezogenen Sitzbank zu einem Lagerraum verunstaltet haben.

Im Ladekasten, unter einem Verdeck, hocken neun junge Männer. Ein jeder von ihnen ist mit einem Jagdgewehr ausgerüstet, denn sie haben in der Tat etwas zu verteidigen. Die beiden Säcke im Fahrerhaus, jeder so schwer wie ein ausgewachsenes Schaf, enthalten Bargeld.

Ihr Ziel ist die Wüste Gobi. Dort wollen sie Kamele kaufen, und diese dann gut dreiunddreißig Örtöön weit in den Norden treiben, wo sie spätestens zur Mitte des Frühjahres angekommen sein müssen.

Auf dem Gesicht des Fahrers bemerkt der Häuptling dessen Aufregung. Auch er selber ist aufgeregt, doch er ist es zunächst aus einem anderen Grund. Ursprünglich wollten sie nämlich um acht Uhr abfahren, was schon vor einem Monat festgelegt worden war, jetzt hatten sie jedoch bereits vier Stunden Verspätung, weil sie auf ein Schriftstück warten mußten, dessen Text vom Häuptling verfaßt war, der aber auf einen offiziellen Kopfbogen umgeschrieben und mit dem entsprechenden Stempel versehen erst einen Sinn machte.

Das Schriftstück, das Schwierigkeiten ausräumen sollte, die auf künftigen Wegen auftauchen konnten, war das Ergebnis eines langen, schwierigen Streitgesprächs zwischen zwei Männern.

Beide waren Häuptlinge. Der eine der eines Staates und der andere der eines Stammes. Also steckte jeder in einer Rolle, und beide schossen als Zielscheibe auf einen Vertrag, der aus grauen Vorzeiten stammte, und, da er noch nicht außer Kraft gesetzt war, rechtskräftig sein mußte. Dieser Vertrag verpflichtete den ersteren, während er den letzteren berechtigte. Und so war es nur allzu verständlich, daß die beiden Männer durch ihn in einen Streit gezogen wurden.

Der Stammeshäuptling, der in der kleineren Rolle weniger zu verlieren hatte, gebärdete sich von Anfang an unbändiger, und der Staatshäuptling sah sich irgendwann gezwungen, ihn zu besänftigen, indem er ihm recht gab und meinte, daß man eigentlich etwas tun müsse für die Menschen, die seinerzeit Aufopferungsvolles und Gemeinnütziges geleistet hätten.

Das aber stimmte den anderen noch kämpferischer. Alles sei beim Namen genannt, nicht irgend jemand solle etwas unternehmen, sondern der Staat, und nicht irgend etwas solle dieser tun, sondern einen jeden solle man dorthin zurückbringen, wo er vorher gelebt hatte. Und dies müsse auf Kosten des Staates geschehen wie damals auch, als es darum ging, ein Volk, das Jahrtausende in sich geschlossen und an einem Ort gelebt hatte, wie einen enthäuteten Körper auseinanderzunehmen und in alle möglichen Töpfe zu werfen!

»Ich verstehe«, entgegnete der in der größeren Rolle friedfertig und fügte dem nach einer Pause hinzu: »Aber was soll ich tun, wenn die Regierung kein Geld hat!« Seine Stimme verriet Müdigkeit.

Der andere mußte darauf gewartet haben, denn er nickte dazu verständnisvoll und sagte leise, wie nebenbei: »Dann werde eben ich die Mittel dazu aufbringen.« Und er sah sogleich, daß er gehört worden war. Er hatte gewußt, daß er gehört und verstanden werden würde, wie neuerdings immer bei jedem, wenn dort, wo kein Geld vorhanden war, welches ins Spiel kam.

Die Augen des Staatshäuptlings, die soeben kaum noch zu glimmen schienen hinter den schweren, fast rechteckigen Lidern, schauten nun unter den dichten, buschigen Augenbrauen rund und mit fast jugendlichem Glanz herüber. Vorsichtig fragte er: »Du willst das Geld aufbringen?«

Der Stammeshäuptling bejahte die Frage, sichtlich stolz, wurde darauf jedoch ungehalten: »Nun werden Sie fragen, weshalb ich die Last auf meine Schultern nehmen will, die eigentlich die Regierung zu tragen hat. Nicht aus Verrücktheit, die mir viele nachsagen, auch nicht aus lauter Patriotismus, den mir einer vielleicht andichten könnte! Nein, ich nenne Ihnen den wahren Grund, und der ist einfach: Das Volk, von dem ich abstamme, stirbt vor meinen Augen aus, und keine Regierung schert sich darum. Ich will der Geschichte, die an uns vorbeizuströmen und uns als toten, namenlosen Schwemmkörper liegenzulassen gedenkt, in die Zügel greifen!«

Der in der größeren Rolle mahnte: »Die Politik braucht nicht unbedingt eine schöne, umso mehr aber eine klare Sprache!«

Der Kleinere gab schnell und gerne nach: »Ich werde mein verstreutes Volk sammeln und es mit einer Karawane ohne Beispiel in der Geschichte in die angestammte Heimat zurückführen!«

»Karawane sagst du? Kamele also brauchst du?«

»Ihr Wohlwollen brauche ich!« Dann gab es Tee, und der Rollenunterschied verschwand.

Das alles war vor einem halben Jahr gewesen. Wenig später tauchte der zu jener Stunde vereinbarte Text im Vorzimmer des Staatsoberhauptes auf, und dieser, bereits mit dem Inhalt vertraut, ordnete nur noch an, daß alles auf das gewünschte Blatt umgeschrieben und mit dem Stempelabdruck versehen an den zurückgeschickt werden solle, von dem es gekommen war.

Doch der Weg der Bürokratie erwies sich wieder einmal als lang, länger jedenfalls als Zeit und Geduld gewöhnlicher Sterblicher. Weder Bitten noch Druck halfen, sosehr auch derjenige, der das Schriftstück benötigte, den Lauf der Dinge zu beeinflussen versuchte. Zu seinem Pech war der Mann, der die Suppe miteingebrockt hatte, für längere Zeit verreist, und der Häuptling sah sich fassungslos einem Apparat gegenüber, der schon eine Ordnung zugrunde gerichtet hatte und nun dabei war, die nächste in den Bankrott zu treiben.

Der letzte Tag vor dem beschlossenen Aufbruch verstrich, und die Kameltreiber standen bereit. Das Schriftstück aber war immer noch nicht eingetroffen. So griff der Stammeshäuptling in der Nacht aus Verzweiflung zum letzten Mittel und erklärte dem, der den Haupthebel der morschen Bürokratie bediente, den Krieg, den Telefonkrieg.

Am anderen Ende des Drahtes meldete sich ein keuchender Mann, der sich bald als jähzornig entpuppte. Für den Angreifer sollte dies wichtig werden, denn deshalb durfte er auf einen Sieg hoffen, und so geschah es am Ende auch. Nach dem vierten Anruf innerhalb einer Stunde merkte der Krieger, daß sein Opfer zusammenbrach, indem es ihn im Namen des Himmels bat, sich bis zum nächsten Tag zu gedulden, Punkt zehn Uhr werde er das verflixte Schriftstück in Händen halten.

Also ließ er von ihm ab und wußte trotzdem nicht, ob er einem eingefleischten Bürokraten restlos trauen konnte. Dieser Zweifel war es wohl auch, der ihn noch nach Mitternacht dazu trieb, einen Brief an den anderen Häuptling zu schreiben, in dem sich alles niederschlagen mußte, was zuvor gegenüber dem Staatsangestellten mündlich gesagt worden war: Totale Unfähigkeit wurde dem Staatsapparat vorgeworfen, und da dies so sei, verkündete der kleine Häuptling nun feierlich, daß er sich von Stund an weigere, die Gesetze des längst unfähigen und von Anfang an unredlichen Staates zu respektieren und aus eben diesem Grunde sich jedes Mittel erlaube, um das Ziel zu erreichen, das den Sinn seines Lebens ausmachte.

Während er solches niederschrieb, kam er sich wie ein Nachfahre der edlen Gesetzlosen vor, die als Beschützer des benachteiligten, niedrigen Volkes gegen die Herrschenden ankämpften und gerade deshalb in die mündlichen Überlieferungen des Nomadentums eingegangen waren. Und der Mensch, der in diesem Augenblick die auf ihn zugestürzte Rolle des Häuptlings materiell zu spüren glaubte, war von einem süßlich-schweren Gefühl erfüllt. Dann schaute er auf den zugeklebten Brief, erleichtert und bestätigt in der Freiheit, die er sich soeben zugeschrieben hatte. Bestechen, betrügen, bestehlen – so, wie andere es längst tun, dachte er mit kindisch sanftem Lächeln auf den Lippen, als er später endlich im Bett lag und in die Finsternis starrte. Doch erreichen, ging der Gedanke weiter, was ich mir einmal vorgenommen, um jeden Preis erreichen will ich es und die Geschichte, die nie gerecht, nie wahr geblieben, immer nachträglich verschnitten und verformt worden war, nun in die Hand nehmen wie einen Klumpen Lehm, ihn durch die Finger pressen und ihr Form und Namen geben, und wenn es sein muß, sie dabei auch biegen und brechen.

Der Brief blieb unabgeschickt, denn der Mann, der im Namen des Himmels geschworen hatte, vermochte zwar nicht den genannten Termin einzuhalten, sein Versprechen aber mit einer zumindest für ihn unbedeutenden Verspätung doch einzulösen. Und der kämpferische kleine Häuptling verzieh dem Bürokraten und dem Staat alles, als er das verdammte Schriftstück auf dem erwünschten Bogen mit dem notwendigen Stempel in der Hand hielt.

Endlich glaubte er wieder daran, daß er ein Sonntagskind war, geboren zur Stunde des Sonnenaufgangs und vorbestimmt, so manche Wünsche äußern zu dürfen, die dann auch in Erfüllung gingen. Nun saß er auf Geld, führte Menschen, war beschützt und in einer Rolle, die ihm gefiel, er als der geschichtemachende Häuptling des ältesten Stammes der Nomadenwelt.

Nun bewegte er sich auf sein Ziel zu, und Kilometer um Kilometer verkürzte sich der Weg, der über Steppen, Wüsten und Berge führen, aber an der samtenen Schwelle zum gletscherbunten und himmelhohen Altai sein Ende finden würde.

Minute um Minute bröckelte die Zeit ab, die aus Tagen, Wochen und Monaten besteht, doch irgendwann auch zu Ende gehen würde. Dem Abenteuer, das noch keiner gewagt hatte, war die Tür jetzt aufgestoßen. Der Berg hatte sich bewegt, die Geschichte hatte begonnen.

# Die Vorgeschichte

Wieder einmal hatte der Gelbe Sedip einen roten Kopf. »Ich möchte noch folgendes sagen!« brüllte er nun schon zum dritten Mal, während er seinen Blick über die zusammengepferchten Menschen im Raum gleiten ließ und ihn wie eine stechende und schneidende Schere auf die drei Männer warf, die vorne an einem Tisch mit dem Gesicht zu den Versammelten saßen, ein jeder auf einem hohen Stuhl.

»Du hast genug geredet, und wir haben dich verstanden. Du erdreistest dich, dem Beschluß der Bezirksleitung zu widersprechen!« unterbrach ihn der Versammlungsleiter, der mittlere der drei, ein wohlbeleibter Mann um die Vierzig. Auch er hatte einen roten Kopf, der im Unterschied zu dem von Sedip fleischig und rund war, riesig wirkte und zwischen dem dünnen schwarzen Deckel aus langen, nach hinten gekämmten Haaren und dem ebenso runden Oberkörper ohne Halsansatz festgeklemmt schien.

Der Mann sprach gequetscht und gequält, was in Verbindung mit seiner Statur noch mehr Gewicht bekam. Der Tisch mit der dunkelroten Decke war für alle drei zu kurz, und da keiner von ihnen ganz daneben sitzen mochte, mußten sie sich zusammendrängen.

»Hör mir zu, Batyj, du großer, fetter Mensch mit dem Hirn eines Spatzen und dem Herzen eines Hasen!« Wildentschlossen fuchtelte dabei der Redner mit der Hand, als wolle er damit auf seinen Widersacher einhacken. »Ich bin nicht jemand, der sich von einem wie dir vorschreiben läßt, was er zu sagen hat und was nicht, geschweige denn, sich das Wort verbieten läßt. Nein, Genosse Noch-Darga, du wirst dich, hoffe ich, noch daran erinnern, daß ich meine Jugend der Sache der Revolution verschrieben habe als einer der allerersten fünf Kommunisten auf tuwinischem Boden, ich, Sedip, mit dem feuerroten Parteibuch, das ich zur Herzseite getragen habe!«

Wieder ist es der Wohlbeleibte mit dem glühenden Vollmondgesicht, der ihn unterbricht und höhnisch erwidert: »Das Parteibuch, das dir dann entzogen wurde! Dir würde ich raten, die Vergangenheit lieber nicht zu bemühen, da du sonst deine Schande hier noch einmal auftischen müßtest, denn keiner hat vergessen, was gewesen ist, und eine andere aufgeputzte Geschichte wird man dir hier nicht abnehmen, du Möchtegernkommunist und winziger dummer Blindgänger einer großen Stunde! Ist es so gewesen oder nicht? Ich frage dich vor dem Volk, du Gelber Sedip, Sohn des Schyrysch!«

Gelächter bricht aus. Die Menschen, die seit Stunden dicht gedrängt auf hölzernem Boden sitzen müssen, kommen in Bewegung, ein allgemeines Gemurmel entsteht. Der kahlrasierte, hagere Kopf des Redners glüht.

Da springt aus der unruhigen Menge Gasybaj, Sedips jüngerer Bruder, auf: »Noch ein beleidigendes Wort, du Sohn der

Schwarzen Baashaj, und ich werde dir den Schädel spalten, damit du es weißt! Ich habe deine tote Mutter genannt, weil du zuerst unseren toten Vater genannt hast! Du siehst, wir haben einen Vater, nach dem wir genannt werden, wen aber hast du, Buschkind und Arschlecker?!«

Der Wohlbeleibte muß aufspringen und mit der Faust auf den Tisch schlagen. Dann brüllt er: »Ruhe, Ruhe!« Sofort tritt Stille ein. Ein jeder fällt in die Haltung mit eingezogenem Kopf und gesenktem Blick zurück. Nur die beiden Schyrysch-Söhne stehen aufrecht wie die letzten Lärchen in einer Wüste von Baumstümpfen.

»Sie haben, Genosse Gasybaj, von einer Beleidigung gesprochen«, fährt der Versammlungsleiter nun etwas gefaßter fort, da er zufrieden ist über die so schnell wieder hergestellte Ordnung, »von einer Beleidigung, die es nicht hätte geben dürfen, einverstanden, aber ich frage, wer hat hier wen beleidigt?« Nach einer kleinen Pause, die gewollt ist, geht es mit aller Wucht weiter: »Sie, Genosse Gasybaj, haben nicht nur mich, sondern in meiner Person auch die Staatsmacht beleidigt, denn das, was Ihnen soeben über die Lippen gerutscht ist, paßt genau zu dem Paragraphen aus dem Strafgesetzbuch der Mongolischen Volksrepublik! Ist Ihnen dies bewußt?«

»Das mag sein«, pflichtet Gasybaj sichtlich eingeschüchtert bei, »doch zu dem unerfreulichen Wortwechsel ist es nur gekommen, weil Sie, Genosse Darga, dem Volk die Redefreiheit verweigern wollten, die ihm laut revolutionärem Gesetz zusteht, oder?« Damit wendet er sich ans Publikum, das ihn umgibt wie eine breite, schwere Flanke gegen die drei Männer, die sich hinter dem Tisch verbarrikadiert haben.

»Jawohl!« tönt es vielstimmig aus der auf dem Boden hockenden Menschenmenge, aus der jetzt einzelne Stimmen zu vernehmen sind.

»Warum hört man nicht auf uns?« »Wir meinen, wir sind das Volk ... das die Revolution gemacht hat, und dem nun der Staat gehört!«

Unsicherheit fährt in den Genossen Versammlungsleiter, der nun mit versöhnender Stimme eingreift: »Als ehrlicher Parteigenosse verhalte ich mich zur eigenen Tat kritisch und verspreche hier vor dem Volk: Solches wird nicht wieder vorkommen!«

Alsbald geht er jedoch wieder in die Offensive, sein Körper nimmt Haltung an, und die Stimme wird härter: »Das soll natürlich nicht heißen, daß ich stumm und untätig bleiben kann, wenn sich einer Worte herausnimmt, die die Prinzipien des Sozialismus in Zweifel ziehen. Ich fühle mich in meiner Funktion als Vorsteher eines Kreises und einer landwirtschaftlichen Vereinigung voll und ganz verantwortlich für alles, was hier geschieht, und werde als entscheidender Kopf und ausführende Hand der Partei und des Staates jedem Versuch, fehlerhafte Einschätzungen in Sachen der Leninschen Nationalitätenpolitik einzuschmuggeln, eine gnadenlose Abfuhr erteilen!«

Damit läßt er für einen kurzen Moment den Blick über die geduckten Köpfe der Versammelten schweifen und scheint zufrieden zu sein. Er setzt sich, und Gasybaj folgt seinem Beispiel. Der Gelbe Sedip aber bleibt weiterhin stehen.

»Über zweitausend Menschen leben hier im Kreis Zengelchairchan, und keiner ist gefragt worden, was er davon hält, nein, nicht einmal Sie, Genosse Kreisvorsteher, der Sie sich soeben für alles, was hier geschieht, für verantwortlich ausgaben, nicht einmal Sie sind gefragt worden!« setzt der Redner, der sich inzwischen wieder in der Gewalt zu haben scheint, von neuem an. »Und wieso geschieht es, daß eines Morgens, gleich Heuschrecken, Schwärme von Kasachen zu Fuß und zu Pferd auftauchen?« will er in ruhigem Ton fortfahren, wird jedoch vom Versammlungsleiter unsanft unterbrochen: »Was reden Sie von Kasachen und von Heuschrecken, Genosse? Ich warne Sie!«

Sedip stockt, fährt zusammen, und seine tiefliegenden grünen Augen sprühen zwei Strahlenbündel nach vorn, wo sie die drei Männer treffen. Die beiden Schatten, die den Wohlbeleibten in ihrer Mitte eingezwängt halten, scheinen seit langem erstarrt. Jetzt bewegen sie sich erstmals, und Sedip legt los: »Von Kasachen rede ich deswegen, weil sie es waren, und nicht Tuwiner, nicht Chinesen, weder amerikanische Imperialisten noch japanische Militaristen! Und von Heuschrecken, weil ein jeder hier die schwarze Plage zur Genüge kennt, wenn fliegende Insektenschwärme das Land inmitten des grünen Sommers wieder und wieder heimsuchen und es innerhalb weniger Tage kahlfressen. Ja, als die Fremden kamen, sich niederließen und sagten, von Stund an würden Erde, Luft, Wasser, das Gebüsch und selbst unsere windschiefen Scheunen ihnen gehören, da mußte ich, ein Mann mit sechzig Jahren und einer Menge Lebenserfahrung auf dem Buckel, an jene Plage denken!«

»Du hättest ja von Ortsfremden oder einfach von Menschen reden können!«

»Menschen? Hinter dem Präsidiumstisch sitzen drei Menschen, wie klingt das? Vielleicht ein Mann, eine Frau und ein

Kind? Nein, ein Tuwiner und zwei Kasachen, möglicherweise Nachkommen von jenen Räubern, die deine Großmutter vergewaltigt und deinen Großvater erschlagen haben. Wenn sie selber auch nicht ganz so schlimm waren, so sind sie doch bestimmt bis heute deine und meine Dargas! Nein, Sohn der Schwarzen Baashaj! So, wie sie dich in diesem Augenblick zwischen sich einzwängen, so werden sie dich auch künftig haben wollen! Ob du ihnen dienst oder nicht dienst, ihr Dank dir gegenüber wird heißen: Wir werden dich um alles bringen!«

Das Präsidium schreibt dreifach mit. Niemand unterbricht den Redner. Erst jetzt, nachdem sich dieser gesetzt hat, sichtlich bewegt, daß er sich hat aussprechen können, und auch im Publikum ein lebhaftes Gemurmel und Getuschel aufkommt, erhebt sich der Kreisvorsteher, wuchtig und wichtig. Er zögert noch, den Mund aufzutun, und läßt vorerst den Blick ruhig über die Gesichter gleiten, als müsse er jede Bewegung, jedes Zeichen auf diesen erhitzten, erschöpften, aber nun mit einem Mal belebten und bewegten Gesichtern in sich aufnehmen. Dann redet er, tut dies bedächtig, scheint jedes Wort vorher hinter den Zähnen abzuwägen und zurechtzulutschen, bevor er es losläßt, behutsam zwar, aber mit leichter Schärfe.

»Das Bild, das Sie da hingemalt haben, Genosse Sedip, sieht überhaupt nicht nach Lebenserfahrung aus, sondern stinkt nach schmutzigem Nationalismus und politischer Blindheit! Hiermit entziehe ich Ihnen endgültig das Wort und teile Ihnen außerdem offiziell mit, daß ich diesen Fall zur Klärung vor die Kontrollorgane bringen werde!«

Diese Worte vernichten. Die Versammelten, deren Köpfe nach und nach wieder in die Höhe gegangen sind, ducken sich erneut, und Sedip, der jähzornige Mensch, der nun eigentlich erst recht in Weißglut kommen müßte, stockt, zögert, hält den Kopf schief, überlegt und fängt darauf verzweifelt zu stammeln an: »Aber Darga, mein Darga, ich meine, ich meinte es nicht so, bitte glauben Sie mir, ich schwöre es bei meinen toten Eltern!«

Seine hohe, krächzende Stimme zittert, geht in Winseln über, und mit einem Mal beginnt der alte dürre Mann zu schluchzen wie ein Kind, dem eine bittere Kränkung widerfährt. Man könnte meinen, die Stille lebt, denn mit einem Mal nehmen die Sinne Dinge wahr, die ihnen bisher verschlossen waren. Diese seltsame Stille, ein Vorhang im Hintergrund, im Vordergrund aber Sedips Geheul, das nicht aus ihm, sondern aus einem unsichtbaren und ohnmächtigen Tier herauszukommen scheint, das gegen die schwere, glühende und stinkende Stille ankämpft, um in sie einzudringen und sie zu brechen.

Vergeblich erwartet man vom Versammlungsleiter, er möge seine Macht ausspielen, in die Geschehnisse eingreifen und den schluchzenden und röchelnden Erdenwurm anschreien, ja, auch vernichten, wenigstens aber endlich erlösen und so der Pein, die sengend und erstickend in der Luft liegt und jeden berührt, ein Ende bereiten. Doch der Darga, dieser Hengst der Menschenherde, sitzt still und schweigt. Er muß verwirrt sein, beschämt vielleicht, aber ganz bestimmt auch die verheerenden Folgen seiner eigenen Macht genießend.

In diesem Moment bricht jemand in die Hölle ein. Eine noch junge, ansehnliche Frau mit feinen Gesichtszügen erhebt sich aus der erstarrten Menge. Es ist Chejmesch, eine in jeder Hinsicht wohlbekannte, ja, da und dort sogar ruhmreiche Person.

»Was sind wir nur für Menschen«, beginnt sie gesammelt, dreht sich halb zur Seite und wirft einen flüchtigen, geringschätzigen Blick auf die Geduckten und Gedemütigten, »die wir uns wie Schlachtvieh in ein Viereck einpferchen lassen, dumm und stumm in die Leere glotzen und es eine Versammlung nennen? Was sind wir für Menschen, die wir das Wort einem Gelben Sedip überlassen, uns zuerst sein Gezeter und nun sein Gejammer anhören müssen? Demselben Gelben Sedip, der, wie jeder andere Hirte, wie jeder andere Jäger auch, weder lesen noch schreiben konnte, der niemals aus dem Versteck der Bergödnis hinausgekommen, noch jemals etwas über andere Völker gehört hatte, der aber, da er einfach faul am Leib und dumm im Kopf war, anderen gegenüber den Vorzug besaß, arm zu sein. Mit diesem unrühmlichen Vorzug und mit der unstillbaren Gier und Eitelkeit dummer und fauler Menschen diente er sich den neuen Herren an.«

Von Satz zu Satz wird sie heftiger, scheint Feuer zu fangen mit Körper und Seele und gleicht einem Sturmwind, der alles, was ihm in den Weg kommt, hinwegfegt. Der Versammlungsleiter versucht sie einmal zurechtzuweisen, doch sie schaut ihm ins Gesicht und lacht höhnisch: »Du scheinst zu vergessen, Mann, daß ich ein vollwertiges Hochschulstudium hinter mir habe. Oder meinst du etwa, du mußt mir alles vorschreiben, da ich dich aus Versehen irgendwann einmal zu dicht an mich herangelassen habe?!«

Der Genosse erbleicht und schaut entgeistert ins Leere. Die Menschen stoßen einander an, und Chejmesch darf ungestört fortfahren: »Ich verstehe uns nicht mehr, liebe Leute. Denn nicht jeder von uns hat wie der Gelbe Sedip Klöster in Brand gesteckt, sich mit Chadak die Füße umwickelt, Buddhafiguren mit dem Kopf nach unten in die Erde geschlagen und schließlich noch darauf gepißt und geschissen. Erst recht nicht haben wir, wie jener es getan hat, andere Menschen verleumdet, so daß sie ins Gefängnis kamen oder gar erschossen wurden.

Zum Kotzen seltsam ist das, nicht wahr, ausgerechnet dieser Mensch muß den Mut aufbringen, die in diesem Augenblick über uns allen hängende, uns alle erdrückende und erschlagende Wahrheit auszusprechen! Und alle anderen, die besseren, die sauberen, ja die heiligen Staatsbürger, wollen weiterhin sauber und heilig bleiben, glotzen wie Blinde und schweigen wie Stumme vor sich hin! Vielleicht hat nicht jeder begriffen, was geschehen ist, und darum sage ich es hier noch einmal: Inmitten des Friedens und am hellichten Tage haben uns Kasachen besetzt und verlangen nun von uns, daß wir es auch noch gutheißen! Sprecht es nur laut aus, Brüder und Schwestern, wollen wir das letzte Stück Erde, das uns noch geblieben ist, mit Fremden teilen oder nicht?«

»Nein!« dröhnt es von allen Seiten. »Niemals!« »Nein!« »Nein!«

Das Präsidium kann nicht mehr mitschreiben. Die Seitenmänner fahren wie an einer Schnur gezogen hoch, sprechen lebhaft auf den in der Mitte Sitzenden ein, und der Angesprochene muß darauf schnell reagieren. Er federt hoch und brüllt: »Wißt ihr, Genossen, was das ist, was ihr da gerade macht? Kon-ter-re-vo-lu-tio-nä-rer Umtrieb ist das!« Darauf holt er mit der zur Faust geballten Rechten weit aus, wirft sie nach vorn und brüllt mit unveränderter Lautstärke weiter: »Ich entziehe Ihnen das Wort, Genossin Chejmesch, und fordere Sie auf, sich gefälligst hinzusetzen, sofort!«

Doch jene denkt nicht daran. Ihre Haltung mit vorgebeugtem Oberkörper und wie zum Gebet zusammengelegten Händen drückt Leidenschaft aus, die zu allem bereit ist. Sie spricht nun schnell, fast leise, wie beschwörend: »Laßt euch nicht einschüchtern, Brüder und Schwestern! Wenn wir zusammenhalten, bleiben wir unbeweglich wie ein Berg!«

Die Seitenmänner auf dem Podium zeigen sich immer ungehaltener, ihre Blicke sind für den in der Mitte Eingezwängten wie Speere, die ihm in den Leib dringen. Er hält es nicht länger aus und muß aus Leibeskräften brüllen: »Ich wende mich namentlich an euch Parteigenossen und erteile euch hiermit den Auftrag, die nationalistischen Ausschreitungen sofort zu unterbinden!«

Die beim Namen genannten fordern die Rednerin zum Schweigen auf. Diese jedoch redet weiter: »Blut möchte ich deinetwegen weinen, Mann, Batyj, als Verräter wirst du in das Volksgedächtnis eingehen! Du siehst doch, wen du seit heute morgen neben dir gehabt hast. Sie haben dir zu beiden Seiten wie bleiche Schatten gehangen und dich bewacht, nun erteilen sie dir schon den Auftrag, deinen Stammesgenossen den Mund zu stopfen, und wahrscheinlich werden sie dir demnächst vorschreiben, diesen oder jenen ins Gefängnis zu schicken!«

Das Präsidium schreibt panisch mit, und Batyj brüllt in den Saal: »Was sitzt ihr tatenlos herum, worauf wartet ihr? Greift die prinzipienlose Anarchistin und unterbindet sofort ihre Ausfälle. Vergeßt dabei nicht, daß die Partei einen jeden zur Rede stellen und zur Verantwortung ziehen wird!«

Der erste steht bereits auf, zwei weitere folgen, und zu dritt packen sie die Frau, die ihnen vergeblich zu entkommen versucht. Die Männer schleppen und schieben sie gewaltsam aus dem Raum. Noch im Türrahmen stehend ruft sie Worte, die den Vorsitzenden treffen und verwunden müssen: »Ich verfluche dich, Sohn der Schwarzen Baashaj, und ich verfluche auch mich, die ich dich Scheusal an mich herangelassen habe. Zu deiner und meiner Strafe werde ich unser Kind gegen dich erziehen, du Verräter!«

Die Versammlung dauerte den ganzen Tag und die halbe Nacht. Jetzt gehörte das Wort nur noch dem Präsidium. Die beiden Stummen mit den finsteren Mienen und den beobachtenden Augen entpuppten sich als harte Redner. Alle drei wechselten einander ab und erteilten den Versammelten eine eiskalte Kopfwäsche.

Proletarischer Internationalismus war das Stichwort. Das Publikum wurde von der Diskussion glattweg ausgeschlossen, denn es hatte nach den Worten des Genossen Kameltaj, der wenige Stunden später Batyj in seiner Funktion ablöste, das Vertrauen der Partei verspielt, da es unter fehlender Wachsamkeit zugelassen hatte, daß von seiten feindlicher Elemente die sozialistische Demokratie mißbraucht worden war. Und dieses Publikum, das unter Kopfweh, Blasen- und Darmdruck sowie unter Angst vor Bestrafung litt, wurde wieder und wieder zur Mitarbeit und zur Befürwortung der Beschlüsse der Bezirksleitung aufgerufen. Andernfalls würde die Versammlung so lange dauern, bis weitere Vertreter höherer Stellen kämen. Begriffe wie Gericht, Staatsanwaltschaft und Kontrollorgane, die nicht näher erklärt wurden, fielen immer wieder.

»Die Partei wird auf keinen Fall zulassen, daß die Autorität der sozialistischen Staatsmacht, in welcher Form auch immer, angetastet wird!« verkündete nun Okaj, der andere Genosse, der seine Bestätigung als Parteisekretär längst in der Jackentasche trug, von der aber noch kein Tuwiner wußte.

»Der hat den richtigen Namen dazu!« flüsterte einer halblaut, und viele hörten es, wobei sie an Ookaj, den Wolf, dachten. Er schien ein besonders scharfer Genosse zu sein, wie man sie in den letzten Jahren nur selten erlebt hatte. Im Jahrzehnt der Verhaftungen und Erschießungen gab es viele von ihnen. Diese Zeit lag jedoch schon zwanzig Jahre zurück.

Der Gelbe Sedip, der sich während des Tumults hingesetzt und inzwischen wieder beruhigt hatte, dachte unter der donnernden Rede des Kasachen wehmütig an gewesene Zeiten, an eigene Untaten. Ach, wie oft war er selber im Präsidium gesessen, an jenem Tisch, dessen Tintenflecken und Einritzungen er gut kannte. Manche davon stammten von ihm.

Gegen Mitternacht geben die Menschen auf. Der Beschluß der Bezirksleitung wird von seiten des werktätigen Volkes angenommen und gutgeheißen. Der Landkreis Zengelchairchan ist abgeschafft und an den Nachbarkreis angeschlossen. Damit haben die Tuwiner das letzte Stück Territorium verloren, das von einem einst großen Gebiet noch übriggeblieben war.

# Der Alltag schreibt Geschichte

Die herausragenden und einschneidenden Ereignisse, aus welchen die Geschichte besteht, werden vom Alltag ausgetragen und geboren.

Dem Owoo über dem Aiz-Paß, dem ersten der einhundertzweiundsiebzig Owoos, denen die Karawane während der nächsten einhundertfünf Tage in der Steppe begegnen wird, bringt der Häuptling neben einem faustgroßen Lungenstein und einem fingerdünnen Streifen weißer, schwerer Seide auch einige Versstrophen dar, hinausgesungen in die kühle Stille des beginnenden Nachmittages. Es sind Dinge, herausgebrochen aus den Innenlandschaften, Bekenntnisse, die anderswo Gebete heißen.

Müßte er sein Singen nicht besser Schamanen nennen, denn er versinkt tiefer und tiefer in sich, weckt nicht nur Fragen, sondern lauscht auch nach Antworten. Er vertraut sein Bangen und Hoffen den Geistern der hügeligen Berge mit den von Wind und Wasser rundgeschliffenen Gipfeln und dem eisgrauen Himmel darüber in der Überzeugung an, daß sie die Fortsetzung seiner Berge und seines Himmels sind.

So schickt er den Wunsch auf den Weg, alle guten Geister mögen ihm, der um das gefährdete Geschick seines Volkes weiß und leidet, bei Wind als schirmende, bei Kälte als wärmende, bei Hitze als kühlende Hand beistehen. Und darauf glaubt er die Antwort zu hören, er dürfe die langen unbekannten Wege, die über hohe Berge und weite Steppen, über trockene Wüsten und nasse Wiesen führen, zu einem Strick aufrollen und damit die schwere Last, die er sich vorgenommen, festzurren und zum Ziel bewegen.

In dem Augenblick, in dem er aus sich heraustritt und seine Sinne für die ihn umgebende Außenweltfreiläßt, nimmt er einen Hund von kräftiger Statur und angenehmem Aussehen wahr. Seine Grundfarbe ist strahlendes Weiß, und ein hauchleichtes, schattenhaftes Schwarz liegt gleichmäßig verteilt auf drei Stellen des Körpers: Kuppe, Rücken und Kopf, wobei der letzte Tupfen den Kopf genau in der Mitte scheitelt.

»Der Hund hat sich zu uns gesellt«, sagt Düwüdün, denn er hat den Blick des Häuptlings bemerkt, den der Hund auf sich gezogen hat und nicht mehr losläßt.

»Wie denn das?« will jener wissen.

»Heute morgen waren wir auf dem großen Platz. Da lief dieser Hund frei herum, kam irgendwann auf uns zugeschlichen und beroch uns einen nach dem anderen am Deelsaum. Zuerst hatten wir Angst, dachten, was für ein gefährliches Tier, sahen dann aber in seinen Augen die Friedfertigkeit und eine Spur Sehnsucht. Wir meinten, er müsse Viehtreibern gehört haben, die, nachdem die Herden dem Schlachthof abgeliefert und die Reit- und Lasttiere verkauft waren, selber mit dem Flugzeug zurückgeflogen sind. Der Hund, auf der Suche nach seinen

Herren, hat an uns Ähnlichkeiten mit ihnen erkannt, doch als er merkte, daß wir es nicht waren, ging er wieder weg. Stunden später, als wir längst auf dem Auto saßen, und Sie, das Blatt Papier in der Hand, auf uns zukamen, sahen wir plötzlich den Hund hinter Ihnen herrennen, und in dem Moment, als Sie in die Kabine einstiegen, kam er und blieb unschlüssig stehen. Wir lockten ihn herbei und machten hinten auf. Er zögerte nicht, und mit einem Sprung war er oben!«

Diese Geschichte erscheint dem Häuptling zunächst unbeholfen, leicht zusammengeflickt. Doch da sieht er den Hund vor sich, sieht auch den treuherzigen, brennenden Blick des jungen Menschen und weiß, daß die Geschichte nicht erfunden sein kann.

Düwüdün, als ob er den Gedanken erraten hätte, sagt: »Wir möchten, daß Sie ihm einen Namen geben!«

In den erwachenden Gedanken des Häuptlings bekommt nun die schwarz-weiße Musterung des Felles eine Bedeutung: Dreimal Polsterung dort, wo Zaum, Sattel und Schwanzriemen hinpassen! Der gletscherhelle Wolf scheint vom Himmelskönig als wegweisendes Reittier für den noch rotznäsigen Jungen geschickt.

Er tritt an den Hund heran, faßt ihn behutsam am festen, runden Hals, krault ihm das Fell und spricht ihm dreimal ins Ohr: »Ajantschin! Ajantschin! Ajantschin!«, der Wanderer.

»Ajantschin! Ajantschin! Ajantschin!« wiederholen die Hirten und kreisen dabei die mit der Fläche nach oben gewendeten Hände im Uhrzeigersinn. Nun sind sie zu zwölft.

Zwölf Monate machen ein Jahr und zwölf Jahre einen Zyklus. Zwölf Stunden währt der Tag und zwölf die Nacht. Mit dem Lastwagen jedoch, der gleich einem Roß aus den alten Epen auf seinem Rücken alle trägt, sind sie dreizehn.

Dreizehn Berge hat der Altai, dreizehn Owoos werden alle Jahre geweiht, aus dreizehn Augen steigt der Opferrauch eines jeden Owoo zum Himmel empor, die Dreizehn ist die heilige Zahl.

Der Nomade sucht in jedem Ding nach einem Sinn. Er sucht so lange, bis er ihn findet. Und da er sich auf diese Weise von sinnvollen Dingen umgeben weiß, empfindet er sein eigenes Leben als sinnvoll. Alles, was von Sinn erfüllt ist, darf bleiben, so wie es ist, darf fortbestehen, und keiner braucht darin herumstochern, daran zu rütteln oder es verunstalten.

## Nachtrag zur Vorgeschichte

Mit sechzig endlich wird der Gelbe Sedip, der eine unrühmliche Jugend und auch keine ruhmreichen Reifejahre gehabt hat, ein anderer, ein schwacher und liebenswerter Mensch. »Ich habe Angst«, lautet einer seiner Lieblingssprüche, womit er vor allem die Zeit nach dem Tode meint.

Einmal geht er sogar zu der berühmten Schamanin Schashynbaj, gesteht ihr kleinlaut seine Angst, in die Hölle zu kommen, und erntet nur ein boshaftes Lachen. »Hab' keine Angst, du hast deine Hölle schon hinter dir, es ist dein Leben gewesen!« höhnt die Hexe.

Und was sagen die Chinesen über ihre Nachbarn im Norden? Mit sechzig würden sie erwachsen, um mit einundsechzig zu sterben. Gerade das trifft auf den Gelben Sedip zu.

Mit Chejmesch jedoch geht es in die umgekehrte Richtung, sie wird immer schwieriger. Das ist ihr wohl selbst bewußt, denn sie klagt über den Wahnsinn, in den man sie treibe. Doch unternimmt sie nichts dagegen, versucht nicht, sich aufzulehnen, läßt sich fallen. Sie versöhnt sich mit niemandem, sondern wird noch zänkischer als vorher. Dazu trägt wohl auch ihr Wissen bei, denn sie liest und studiert als einzige aus dem ganzen Kreis alle Zeitungen und Zeitschriften. Doch dieser übermäßige Fleiß trägt ihr mehr Feindschaft als Anerkennung ein. Sie lebt abseits und gerät nach und nach in Vergessenheit. Bis eines Tages, zehn Jahre sind inzwischen seit jener unglückseligen Versammlung verstrichen, ihr Name wieder in aller Munde ist: Sie sei, heißt es, eine japanische Spionin!

Obwohl Leichtgläubigkeit die Grundschwäche der Nomadenwelt ist, will diese Neuigkeit zunächst niemand glauben. Alle halten es für ein dummes Gerücht. Da aber reitet der Propagandist, das aufklärende Plappermaul der Partei und des Staates, von Jurte zu Jurte, bestätigt das Gerücht und mahnt einen jeden zur Wachsamkeit. »Du und du und ich, wir alle sind Zielscheibe der imperialistischen Umtriebe!« lautet die Wortbombe, die er auf die Hirne der Menschen abwirft, und diese Bombe scheint jedes Mal zu zünden, denn es versagen ihnen die Zungen.

In Wahrheit jedoch war folgendes geschehen: Eines Morgens, es war gegen Ende eines sehr harten Frühjahres, klebte an der Außenseite des Gebäudes der Kreisleitung ein dichtbeschriebenes, längliches, aus Schulheftblättern zusammengeleimtes Papier: »Gezählt sind eure Tage, Genossen Dargas!« war da in fetten, großen Buchstaben zu lesen und darunter mit schmähenden Worten die Aussage, weshalb es heutzutage ein jeder Mensch, koste es was es wolle, anstrebt, ein Darga zu werden. Darunter befand sich eine Liste mit der Überschrift: »Die siebenundsiebzig Verbrechen der Dargas, der wirklichen Feinde des werktätigen Volkes«. Unter anderem enthielt sie folgende Beschuldigungen:

Batyj, Kreisvorsitzender: Drei Frauen geschwängert: Sürün 1950, Charagys 1952, Chejmesch 1958.

Kameltaj, Kreis- und Vereinigungsvorsitzender, und Parteisekretär Okaj: Das Volk gegen seinen Willen gezwungen, dem Beschluß über die Vereinnahmung des tuwinischen Nationalkreises durch Kasachen zuzustimmen und dabei faschistische Erpressungsmethoden angewandt, so daß vielen Dünnes und einigen sogar Dickes in die Hosen lief, 1959.

Batyj, Kreisvorsitzender: Verrat gegen die eigene Erde, um selber im Amt zu bleiben, 1959.

Pejner, Chefbuchhalter: Eigene Verwandte, die nie Herausragendes geleistet, wiederholt mit Staatsgeldern prämiert, ab Herbst 1960 bis zum heutigen Tag.

Tasyng, Parteisekretär: Arbeiter und Angestellte (Samdar, Gök, Damanbaj, Seke) willkürlich entlassen, um eigene Verwandte (Sawyl, Schagdyr, Chomusch, Bady) unterzubringen, 1965.

Schopan, Handelschef: Defizitwaren heimlich unter eigene Leute verteilt, z.B. von vierunddreißig Koffern nur vierzehn durch den Laden verkauft, Mai 1969.

Große Aufregung entsteht. Der Tatort wird für Menschen, die keine führende Funktion haben oder nicht in der Partei sind, abgeriegelt, bis die Miliz kommt, fotografiert und weitere Untersuchungen vornimmt. Das Blatt wird entfernt und als Beweismittel aufbewahrt. Ein Protokoll mit elf Unterschriften wird angefertigt, und noch am selben Tag trifft ein Mitarbeiter der Staatssicherheit ein. Er läßt sich im Kreishotel nieder und beginnt gezielt zu arbeiten. Wenig später heißt es, die Bevölkerung werde auf Allgemeinbildung geprüft. Der Wanderlehrer fährt von Ail zu Ail, treibt alle Menschen zusammen, nimmt ihnen eine Prüfung ab, die aus zwei, drei Fragen politischen Inhalts und einem Diktat besteht. Die Antworten werden aufgeschrieben, die Diktate mitgenommen.

Chejmesch wird schon am nächsten Tag verhaftet und gibt sofort zu, es gewesen zu sein. Sie erzählt noch mehr, antwortet auf die Frage, ob sie Komplizen hätte, mit Ja. Sie sagt aus, sie stehe mit einem japanischen Spion in Kontakt, und dies schon seit drei Jahren. Der Spion, dreißig bis fünfunddreißig Jahre alt, mittelgroß, die mongolische Sprache gut beherrschend und Yoyo mit Rufnamen, habe sie beauftragt, das Blatt so zu schreiben und an der Tür der Kreisleitung anzubringen. Dieser Yoyo erscheine einmal im Monat, und zwar immer in einer mondlosen Nacht.

Also wartet man die mondlosen Nächte ab. Sie kommen und gehen vorüber, aber der Spion erscheint nicht. Chejmesch meint, dann würde er wohl erst im nächsten Monat erscheinen, denn es sei schon einmal vorgekommen, daß er ausgeblieben sei. Also wartet man weiter, doch es erscheint kein Spion. Nun vermutet Chejmesch, Yoyo könne Wind von der Sache bekommen haben. Woher denn, fragt man, sie habe doch ausgesagt, sie allein sei in Kontakt mit ihm. Chejmesch lacht. Sie könne doch von einem Spion einer fremden Macht nicht verlangen, daß dieser einzig mit ihr Kontakt habe. »Was ich weiß«, gibt sie zu Protokoll, »ist, daß wir in einem besetzten Land leben, und es würde mich nicht nur nicht wundern, sondern sogar erfreuen, wenn sich möglichst viele, ob Tuwiner oder Kasachen, mit jedem möglichen Geheimdienst zusammentun. Letzten Endes geht es doch nur darum, daß das, was längst knirscht und knistert, nun auch endlich kracht!«

Der protokollierende Mensch bewahrt Ruhe und schreibt fleißig mit. Das muß er auf alle Fälle tun, schon wegen des Berichtes, der, gewissenhaft abgefaßt, höheren Stellen und wichtigen Genossen zugestellt werden wird. Bis jetzt hat er das Verhör nur dem Protokoll zuliebe fortgesetzt, denn er glaubt längst nicht mehr, was sie ihm da erzählt.

So ein Unsinn, denkt er mit zunehmender Wut und versucht, für sich zu ergründen, weshalb sie sich in die Lügengeschichte wie besessen immer tiefer verstrickt. In der kindischen Erzählung der schamlosen Person wittert er jedoch eine Möglichkeit, die er nur noch zu einer brauchbaren Größe aufschichten muß, um dann daraus das herausschälen zu können, was er benötigt. In ihm hat sich der Teufel geregt, und er spürt ihn allgegenwärtig.

»Sie reden von einem besetzten Land, in welchem Sie leben müssen. Gut, man kann es schließlich so sehen wie Sie. Was aber hat dort der Kasache zu suchen, er hat es doch nicht nötig, sagen wir, als Besatzer, für einen fremden Geheimdienst zu arbeiten?« tastet er sich entschlossen an sie heran.

»Zum Zeitpunkt der Besetzung gehörten zu unserem Kreis vier kasachische Großfamilien, und auf der anderen Seite lebten eine Handvoll Ak Sojan, Tuwiner also unter Kasachen. Diese waren alle gegen die Angliederung, weil damit offenkundiges Unrecht geschah, nämlich Diebstahl von Land. Sie sehen, es ging nicht darum, daß hier Tuwiner und dort Kasachen standen«, gibt sie ruhig und geduldig zu Protokoll, steigert sich jedoch leidenschaftlich: »Aber haben Sie keine Angst, Genosse, daß ich mich herausrede aus der tiefen Fallgrube, in der Sie mich längst haben, im Nationalismus, den hierzulande jeder jedem anzulasten weiß, wenn ihm der Sinn danach steht! Seien

Sie beruhigt, ich werde Ihnen noch Größeres unter die Feder schieben, damit Sie die Zeit nicht umsonst mit mir verbracht haben. Ich sichere Ihnen den Erfolg, den Sie brauchen, um zu einem weiteren Sternchen zu kommen!«

Der Mann, der eifrig mitschreibt, errötet, denkt mit Herzklopfen daran, wie sie auf das Sternchen kommt, denn genau das ist es, worauf zu zielen er sich soeben entschlossen hat.

Aus der Spionagegeschichte wird nichts, erkennt er. Aber er will versuchen, aus der dummen Fremden etwas für sich herauszuholen. Dieses kann jedoch nur dann geschehen, wenn das Verhör aufs Politische gelenkt wird.

Natürlich hat auch das mit dem Sternchen zu tun, verdammt nochmal, denn sein Vorgesetzter, der Genosse Oberst, hat, als er ihm den Auftrag erteilte, eine vorzeitige Beförderung in Aussicht gestellt, falls er die Aufgabe gut meistern würde. Er hat die Person, die Verfasserin der Hetzschrift, leibhaftig vor sich sitzen, hört ihrem Geschwätz zu und ist gespannt auf das soeben versprochene Größere. Also darf und muß er an das Sternchen denken, das ihm sozusagen von zwei Seiten zublinzelt. Noch ein Stern, das wäre dann der Major! Die vier kleinen, ameisengleichen Sternchen des Hauptmannes würden zu einem richtigen Stern zusammenwachsen und ihm die Tür zur Familie der höheren Offiziere öffnen.

Nun jedoch schweigt die Person, die bis jetzt so erzähllustig, ja geschwätzig gewesen ist, und schaut, wie ihm auf einmal bewußt wird, mit einem kleinen, versteckten Lächeln auf ihn. Er fühlt sich ertappt und hegt Groll gegen sie, fühlt sich von ihr angegriffen und erst recht bestätigt in seinem Entschluß, den Spionagefall, den keiner ernst nehmen will, wenigstens in einen politischen umzumünzen, um auf weitere Pluspunkte in den Augen seines Vorgesetzten zu kommen. Also sagt er sich: Spare dir dein besserwisserisches Lächeln, ich werde aus dir schon herauspressen, was du anzubieten hast, du bist mir ein Röhrenknochen, den ich zerschlagen und aus dem ich das fette Mark heraussaugen werde!

Vorerst entschließt er sich jedoch, weiterhin leise und in Deckung zu bleiben. In eher gelangweiltem Ton erkundigt er sich bei ihr: »Was darf ich darunter verstehen: Was längst knistert und knirscht, bald aber krachen wird?«

»Lug und Trug, dem die fünfzackige rote Mütze des Sozialismus übergestülpt ist!« kommt sie ihm willig entgegen.

»Sie meinen«, fährt er nun doch ein wenig hoch, »der Sozialismus, den wir aufbauen, ist nicht echt?«

»Nicht nur das, der Betrug wird bewußt betrieben. Das wissen Sie, das weiß Ihr Darga, und das wissen dessen Dargas, alle wissen es, nur die sprechende Herde, das Volk genannt, ist zu einfältig, um es zu erkennen. Diese Herde klatscht auf Bestellung Beifall, kaut Vorgegebenes wieder und schuftet unter Schweiß, an dem sich die Behörnten und Behuften, die Genossen Dargas und ihre Mitläufer kugelrund mästen. Und dies nennt man dann den Sozialismus aufbauen, Genosse Mitarbeiter der Staatssicherheit!«

Chejmesch hat langsam und leise gesprochen, ihm den Schlußsatz aber ins Gesicht geschleudert.

Der Mann, bis jetzt ein flinker und zufriedener Mitschreiber, gerät ins Stocken. Das kann von seiner Vorfreude herrühren, vielleicht auch vom Schreck, der wie eine Kugel in ihn hineingefahren ist und ihm die Hand lähmt.

Nun bedauert er es, daß er kein Tonbandgerät mitgenommen hat, vor allem, weil das Unerhörte und Schwerwiegende, das ihm soeben zu Gehör gekommen ist, in jedem Fall gut bewiesen werden muß. Wieder fällt ihm der Stern ein. Schon sieht er ihn, fühlt ihn, und ihm wird schwindlig im Kopf. Was ist, denkt er, wenn die Person später vor einem Untersuchungsrichter die Aussage widerruft? Deshalb beschließt er, sie gleich nach dem Verhör den Wahrheitsgehalt des Gesagten und Niedergeschriebenen mit ihrer Unterschrift bestätigen zu lassen.

»Sie müssen blind sein, wenn Sie den realen Sozialismus anzweifeln!« stachelt er sie auf, um aus ihr noch gewichtigere, schneidendere Worte herauszuholen, die sie ihm sogleich liefert: »Wir haben keinen Tag lang den Sozialismus gehabt. Das weiß ich, weil ich Marx und Lenin gelesen habe!«

»So?« tut er verwundert und schiebt ihr bereits die nächste Fangfrage unter die Zunge: »Wollen Sie denn wirklich den Kapitalismus? Ich will hoffen, Sie wollen nur aus Trotz mit mir spielen?!«

Sie fährt hoch, ist beleidigt: »Den Sozialismus will ich, den ich bei uns vermisse!«

Der Genosse Hauptmann, in Gedanken längst im lichten Schein des großen Sterns, weiß, daß er solches nicht mitschreiben darf, schiebt aber die nächste Frage vor die aufgeregte Frau, damit sie darüber weiterstolpert: »Wie denn das nun?«

»Sozialismus ist Gleichberechtigung und Freiheit für alle!« platzt sie aufs neue heraus. »Haben wir denn diese? Nur Worte haben wir, die Schall und Rauch sind! Daher das besetzte Land. Ja, ein jeder ist in diesem Land ein Gefangener! Sie als Kasache und wir als Tuwiner, mit dem einen Unterschied: wir, als Minderheit, die alles verloren hat, was seit Jahrhunderten, ja, seit Jahrtausenden uns zugestanden, leben seit mehr als zehn Jahren nun schon unter doppelter Besatzung. Sie aber sind einerseits Minderheit im mongolischen Land, Ungebetene obendrein, andererseits Mehrheit in dieser Ecke und Gewalttäter gegenüber Schwächeren. Sie sind verurteilt, mit doppelten Verwünschungen zu leben. Fett und frech mag Sie unser Altai mit all seinen Reichtümern machen, heimisch und beliebt aber werden Sie hier nie und nimmer!«

Dem Menschen, der sich das anhören muß, reicht die Geduld für ein solches Verhör nun doch nicht mehr, und er bricht es abrupt ab. Die Hauptschlagader entlang seines dünnen, wettergebräunten Halses klopft bedrohlich stark.

Die Unterschrift allerdings vergißt er nicht. Auch hierin kommt sie ihm willig entgegen, und noch in der Nacht erscheint aus dem Bezirk ein Auto und holt die beiden ab.

Von Chejmesch hörte man zunächst, sie sei in Untersuchungshaft, später in ärztlicher Behandlung. Das werktätige Volk aber wurde aufgeklärt: Die Person sei verrückt, und daher die ganze Geschichte auch nur ein Gespinst ihres kranken Gehirns gewesen. Diese Krankheit muß schwer heilbar gewesen sein, denn die Behandlung dauerte Jahre.

# Die Geschichte fließt

Der Frühjahrssturm hat in der Gobi begonnen. Je tiefer der Weg in die abfallende, nackte Steppe mit dem holprigen, graubraunen Kiesgrund hineinführt, umso wilder und wütender tobt der Sturm, und da der Staub so brodelt, daß der Boden unter den Rädern verschwindet und das Auto in einem einzigen Nebel zu schwimmen beginnt, muß der Fahrer schließlich halten. Der Uhrzeit nach könnte die Sonne noch da sein, doch steckt die durchschüttelte Gobiwelt längst im Dämmerlicht.

Der Häuptling entscheidet: »Hier warten wir das Ende des Sturmes ab. Alle Klappen des Verdecks sind dichtzumachen. Einer soll mit seiner Waffe in die Kabine kommen, und jeder, der austreten gehen will, hat sich an einem Lassostrick zu bewegen, das im Auto befestigt wird!« Der Fahrer überbringt diese Anordnung der restlichen Mannschaft. Nur einige Minuten vergehen, und der Häuptling macht sich bereits Sorgen darüber, ob der leichtgewichtige Bursche nicht vom Wind weggeweht sein oder sich verlaufen haben kann. Da aber kommt er endlich durchgefroren zurück.

»Die Luken sind längst dicht, und alle haben sich verkrochen wie Hundejunge, einzig Ajantschin wacht und schien mich zuerst für einen Einbrecher zu halten!« erzählt er aufgeregt. Im gleichen Augenblick geht die Tür zur anderen Seite auf, und man erkennt in einer wirbelnden Staubwolke Gambaa. Das Landkind ist anders als die Stadtbewohner, er kämpft still gegen die Tür, welche der Wind seiner Hand zu entreißen droht. Nachdem er die Tür hinter sich zubekommen und sich neben den Häuptling gezwängt hat, verharrt er, und die Frage, ob er gefroren habe, wird leise mit einem schüchternen Lächeln auf der Nasenwurzel verneint. Der Häuptling sitzt warm und fühlt sich geborgen zwischen den festen, jungen Körpern. Doch macht er sich Gedanken und wendet sich an den Fahrer: »Wieviel betrug vorhin die Kühlwassertemperatur?«

Der Fahrer weiß es nicht und muß dafür einen leisen Tadel einstecken: »Darauf hättest du achten müssen, bevor du den Motor ausgeschaltet hast, um genau zu wissen, wann du ihn wieder wirst anlassen müssen, damit das Kühlwasser nicht gefriert! Weißt du denn wenigstens jetzt, was zu tun ist?«

Anschließend wendet sich der Häuptling an den anderen: »Was machen wir, wenn Wölfe kommen?«

»Die Wölfe kommen nicht ans Auto heran.«

»Wenn sie es doch tun?«

»Dann schießen wir.«

»Wie denn schießen, wenn es sich um ein ganzes Rudel handelt?«

»Um diese Jahreszeit leben die Wölfe nicht mehr in Rudeln.«

»Woher willst du das so genau wissen? Hier sind wir in einer uns unbekannten Welt, und vielleicht sind da selbst die Wölfe anders?«

»Dann schießen wir eben, zuerst auf den zweiten von vorn, das ist der stärkste unter allen Rüden.«

»Dein Vater ist ein guter Jäger gewesen, ich sehe, du bist auch einer, doch was machen wir, wenn die schwanzlosen Wölfe, die Räuber, kommen?«

»Die werden nicht kommen. Keiner wird wissen, wer wir sind und was wir machen.«

»Ich sehe, du liest keine Zeitungen!«

Der Junge gerät in Verlegenheit, aber er gibt weder zu, daß er keine Zeitungen liest, noch fragt er, was es damit auf sich habe.

»Was machen wir, was machst du, wenn wir von Räubern überfallen werden?«

»Keiner wird uns überfallen. Ich meine, keiner wird es wagen.«

»Du meinst, wir sind viele, bewaffnet und dazu noch von einem Hund beschützt? Ja, das sind wir. Vielleicht hast du recht, dennoch, was machen wir, wenn wir überfallen werden?«
Keine Antwort.

»Werden wir, wirst du schießen?«

»Ich weiß es nicht.«

Der Häuptling sagt darauf nichts, denkt aber, gut, daß du nicht gleich schießen willst. Dann ist er still, sitzt mit geschlossenen Augen und tut, als würde er schlafen. Doch er döst nur und nimmt zu jeder Zeit wahr, was unten und oben geschieht. Keiner schläft. Der Fahrer wacht über die Wassertemperatur, startet dann und wann den Motor und läßt ihn laufen.

Gambaa schaut und lauscht angestrengt hinaus. Dabei gehen seine Gedanken zurück in die Vergangenheit. Fünf Jahre ist er damals alt gewesen, als seine Familie auswanderte. Die Eltern können nicht viel besessen haben, denn da waren nur wenige Schafe, die hinten im Ladekasten des fahrenden Autos standen und auf ihn schauten, während er mit dem Vater und den älteren Geschwistern vorne saß. Die Mutter fuhr mit den beiden jüngeren Geschwistern in der Kabine. Manchmal hielt das Auto, sie stiegen aus, die Eltern kochten und die Kinder sammelten Brennbares. Auch die Schafe wurden getränkt und grasten. Der Fahrer, dessen Vollbart an einen Yakschwanz erinnerte, lag im Schatten des Autos und schlief. Der Vater ging jagen und schoß Murmeltiere, während die Mutter immer am Auto blieb, denn sie war krank. Oft kränkelte auch der Vater.

»Es ist eben unser Schicksal, mit der Krankheit zu leben«, sagte einmal die Mutter, »und das verdanken wir eurem Großvater, der ein Kloster zerstört und sich an seinen Heiligtümern vergriffen hat!«

»Ach, Unsinn!« sagte darauf der Vater.

Doch auch von Fremden, meist waren es angetrunkene Männer, die Streit suchten, hörte man Ähnliches, was den Großvater betraf, den keines der Kinder jemals gesehen hatte, da er bereits vor ihrer Geburt gestorben war.

Einmal aber war es der Vater selbst gewesen, der sich betrunken hatte und nun jammerte: »Ihiij, du blauer Himmel, warum hast du gerade mich zum Sohn des Gelben Sedip bestimmt?!« Gambaa mußte damals lange darüber nachdenken, was denn der Großvater genau getan und weshalb er es getan hatte. Auch nach dem Tod seiner Eltern, die rasch hintereinander starben, brachte er es nicht fertig, andere danach zu fragen.

Gegen Mitternacht legt sich der Sturm. Während der Fahrer im Begriff ist, den Motor wieder anzulassen, sagt Gambaa: »In der Nähe muß ein Ail sein!«

»So?!« sagt der Häuptling plötzlich hellwach und fährt hoch.

»Ich höre Hundegebell.«

»Steig aus, geh in die Steppe und versuche, die Himmelsrichtung auszumachen, aus der das Gebell kommt!«

Gambaa ist schnell zurück. »Es ist im Südwesten«, sagt er bestimmt.

»Wir fahren!« befiehlt der Häuptling.

Das Scheinwerferlicht tastet die kahle, vom Sturmwind gefegte Steppe ab, bewegt sich langsam und zitternd vorwärts. Sie fahren so lange, daß man am Ende denken muß, der Wächter habe sein Gehör überanstrengt und das gehört, was er gerne hören wollte. Wenn er tatsächlich Hundegebell vernommen hat, dann ist man an dem Ail sicher bereits vorbeigefahren. Doch schweigt man, sitzt geduldig und denkt, daß es keinen Unterschied macht, das Benzin fahrend oder stehend zu verbrauchen.

Da sieht Gambaa Licht. Minuten später bestätigen es ihm die anderen beiden, und nun fährt das Auto schnell und schnurstracks auf ein unruhig flackerndes, bläuliches Licht zu.

Eine halbe Stunde später sitzen die Männer in einer Jurte um den Herd herum, in dem ein leises Dungfeuer brennt. Die Ankömmlinge können sich immer noch nicht darüber beruhigen, daß man für sie mit Dung in einer Schüssel Feuer angezündet, es über den Kopf gehalten und geschwenkt hat. »Der Hund gab so lange keine Ruhe, bis auch ich das Motorengedröhn hörte und wußte, einer sitzt in der Steppe«, erzählt lachend das Oberhaupt der Jurte, ein Mann von etwa sechzig Jahren.

Die herbeigelotsten Gäste liegen in tiefem Schlaf, gleich den Fingern zweier nebeneinander ruhender Hände, auf dem Boden der Jurte, als am nächsten Morgen ein Jeep vorfährt, aus dem vier kräftige junge Männer aussteigen. Einer von ihnen betritt sogleich die Jurte und weckt den Häuptling unsanft. Nach kurzem Grußtausch stellt sich dieser als Polizeihauptmann vor und will die Papiere sehen. Der Geweckte stutzt für einen Augenblick, zeigt darauf jedoch ein breites Lächeln auf seinem hageren Gesicht und dann das Schriftstück. Diese Ruhe und Bereitschaft wirken auf den von Tatendrang erfüllten und vor Kraft strotzenden jungen Mann eher verdächtig als überzeugend. So überfliegt er es zuerst, hält es gegen das Frühlicht und scheint Bogen und Stempel auf ihre Echtheit hin zu überprüfen. Schließlich liest er alles noch einmal durch, aufmerksam und mit wachsendem Ausdruck von Erstaunen auf dem jungen, schönen Gesicht. Dann gibt er das Blatt zurück, salutiert und spricht: »So sind Sie also der bekannte Schriftsteller?«

Der Hausherr, der dem neugierig zugeschaut und -gehört hat, wird verlegen und entschuldigt sich überschwenglich bei seinem Gast, der sogleich in die Geschichte eingeweiht wird, die sich hinter seinem Rükken abgespielt hat. Er war, während er in der Nacht dem hilfreichen alten Hirten und seiner gastfreundlichen Frau von seinem Vorhaben erzählte, auf Mißtrauen gestoßen.

»Alles hat einfach nach zu viel Schönheit und Edelmut ausgesehen!« lacht der Hirte, der in den fremden Männern jene Bande zu erkennen geglaubt hatte, die seit Monaten immer wieder Vieh stahl und nach der die Polizei fahndete. So war noch in der Nacht der nächste Nachbar benachrichtigt worden.

Der Häuptling muß sich auch anhören, daß der Hirte zudem versucht hat, das Auto zu untersuchen. Allein der Hund hat ihn daran gehindert. Der Gast lacht mit, doch ist ihm dabei zum Weinen zumute. Selbst die Geldsäcke waren die ganze Zeit draußen, denkt er wütend auf sich. So sehr können Leere und Frieden in der Steppe täuschen.

Zu Ehren des Schriftstellers und seiner Leute gibt es ein gutes Frühstück, bei dem er viele Fragen beantworten muß. Lebhaftes Interesse schlägt ihm entgegen, eines aber wird ihm nicht abgenommen, daß die Tuwiner mit ihrer Turksprache, ihren Schamanen, uralten Sitten und Vorstellungen wie auf einer Insel in der Zeit überlebt haben. »Jeder, der in diesem Land lebt, ist Teil des Ganzen!« sagt der Polizeihauptmann bestimmt, und der patriotisch-wachsame Hirte fügt dem hinzu: »Wer mongolische Luft atmet und mongolisches Wasser trinkt, ist für mich Mongole!«

Der Gast erhebt sich bedächtig und bedankt sich umständlich bei den Gastgebern für Licht und Wärme, für Tee und Fleisch. Die Mannschaft tritt stumm und flink an. Dies mag in den Augen der Zurückgebliebenen seinen Wert noch gesteigert haben, denn sie verabschieden ihn mit Chadak und Milch, wovon sich der Gast sehr geehrt fühlt.

Dennoch spürt er eine leichte Bitterkeit, als er die Steppe mit dem aufgewirbelten, rötlich-braunen Kies und dem blassen Himmel mit der aufsteigenden Sonne darüber sieht und es sogleich als eine Herausforderung empfindet. So also steht die Mehrheit zur Minderheit, denkt er. Der chinesische Bauer ist verwundert, wenn ein Tibeter anders betet als er, und der russische Soldat fühlt sich bedroht, wenn sich zwei Tschetschenen in seiner Gegenwart tschetschenisch unterhalten.

Aber der hartgesottene Stammeshäuptling stellt sich dem leicht verletzbaren Schriftsteller sogleich in den Weg und spricht in seiner eigenen Sprache laut und betont: »Ihr habt nun gesehen, wie gut uns das Schriftstück ausweist. Anstatt uns zu verhaften und in Handschellen abzuführen, verabschiedet man uns salutierend und fürstlich. Kopf hoch also, wir werden die dunkelroten Kamele der Gobi anketten und heimführen, und der Kettenstrick wird durch das blinde Auge und das taube Ohr einer Welt hindurchgehen!«

# Die Gegengeschichte nimmt ihren Anfang

Dshindip heißt einer von den vielen, die von ihren Mitmenschen mit dem an sich nichtssagenden, in der schäbigen Realität des Nomaden-Sozialismus jedoch vielsagenden Wort Darga angesprochen werden. Zugegeben, er ist einer von den Winzlingen unter seinesgleichen, denn er ist Vorsteher eines Bag , kaum sechzig Jurten stehen unter seiner Aufsicht. Doch was macht das schon, Darga ist Darga, und man wird, auch wenn man der Allerniedrigste ist, von den anderen mit eben dem Wort betitelt wie auch der Allerhöchste, der Generalsekretär des Zentralkomitees der Mongolisch-Revolutionären Volkspartei. Also zählt nicht die Größe, sondern allein der Titel. Dieser Dshindip fühlt sich wohl in seiner Haut, er genießt das Leben.

Der Frühsommer des verhängnisvollen Jahres 1959 bringt auch für ihn Erschütterungen, und über Nacht ist er kein Darga mehr. Damit bricht für ihn eine Welt zusammen. Tage und Nächte müssen vergehen, bis er seine Sinne wieder beisammen hat. Selbst als die Zeit, die heilen soll, vergangen ist, kann er sich damit nicht abfinden, daß er nicht mehr der Auserkorene aus der niedrigen, grauen Menge, der Herausragende aus dem gemeinen, dummen Volk ist. So schmiedet der Mensch einen Plan und geht sogleich daran, diesen dreistufig auszuführen.

Zuerst richtet er an die höchste Stelle in der Hauptstadt ein Bittschreiben, in welchem er die Partei und die Regierung dafür lobt, daß dank ihrer vortrefflich weisen Politik das werktätige Volk selbst in einem Randgebiet glücklich und aufgeklärt lebt, festentschlossen, zum Wohle der sozialistischen Heimat alles zu tun, was notwendig ist. Dann berichtet er, daß dieses Randgebiet über überschüssige Arbeitskräfte verfüge, die bereit wären, dorthin zu gehen, zu wirken und zu schaffen, wo vielleicht welche fehlen.

Gleichzeitig sucht er nach Leidensgenossen, und ihrer gibt es viele. Es sind in der Mehrheit Hirten, die nach der Neuverteilung der Genossenschaftsherden und Winterweiden der Grundlage ihrer Existenz beraubt dastehen. Andere wiederum gibt es, die wie er aus dem Staatsdienst entlassen wurden. Nun stochert er in den offenen Wunden und erzählt einem jeden, der in Frage kommt, vom östlichen Land, wo die Menschen viel besser leben als hier, er wisse davon. Solche Gespräche schließt er mit dem magischen Satz ab: »Was andere tun, ist ihre Sache, ich aber werde mich um mich kümmern und sehen, daß meine Kinder rechtzeitig zu Bildung und Wohlstand kommen!«

Schließlich bearbeitet er auch die Kasachen, die nun das Sagen haben, indem er fleißig bei ihnen einkehrt und dort ganz andere Geschichten anbringt: Er finde den Zusammenschluß der beiden Kreise richtig, weil es so effektiver sei. Man sehe es schon daran, wieviele Arbeitskräfte dadurch frei geworden seien, die aber anderswo so bitternötig gebraucht würden. Was ihn angehe, so würde er der Arbeit und damit auch einem besseren Leben nachgehen, und außerdem sei er der Meinung, daß die Tuwiner im Hinblick auf die Gemeinsamkeiten in Sitten und Gebräuchen künftig besser die Nähe der Mongolen suchen sollten als die der Kasachen.

Dshindip arbeitet gezielt, und bald bekommt er die Auswirkungen zu spüren. Einige Monate später, im Sommer des darauffolgenden Jahres, gelangt er in den Genuß der ersten süßen Früchte seines Fleißes: Zwölf Lastwagen mit Anhängern kommen in einer eindrucksvollen Kolonne gefahren und nehmen die ersten vierundzwanzig tuwinischen Familien, alle aus dem Stamm Ak Sojan, ins Innere des Landes mit. Dshindip ist ihr anerkannter Führer, ein jeder sieht es.

Die Kasachen, die seine Ansichten kennen, erledigen die Papiere der Auswanderer nicht nur in kürzester Frist, sie stellen ihm persönlich auch eine günstige Beurteilung aus und wünschen denen, die ihnen Platz machen, alles Gute in der neuen Heimat.

Dort, wo sie nach zehn Tagen Fahrt ankommen und die Herden eines Staatsgutes übernehmen, beläßt man ihn, den achtundfünfzigjährigen Dshindip, in seiner herausragenden Stellung, mit dem Titel eines Darga. Darga einer Brigade, endlich, nach einem knappen Jahr Unterbrechung! Und er bleibt es bis zu seinem Tode einige Jahre später.

Mit dem Süppchen aber, das der kleine Mann den Tuwinern da eingebrockt hat, beginnt die große Völkerwanderung, die dreißig Jahre dauert und drei Viertel jener Urbevölkerung dahinrafft, die seit Menschengedenken den westlichen Zipfel der mongolischen Lande bis an die Gletscher des Hohen Altai bewohnt hat.

# Fließe und wachse Geschichte

Die dreijährige, sandelbraune Kamelstute ist erst vor wenigen Tagen gewalkt worden und ist noch arg erschöpft. Das betörende, süß-schwere Muttergefühl, das die erlittenen Schmerzen vergessen machen kann, ist in ihr noch nicht erwacht.

Denn wo du bist, wo wir sind
Oh lieb Mutter, oh armes Kind
Geht und weht der Gegenwind ...

Düwüdün hat eine tiefe, weiche Stimme. Die Stute blickt herüber. Der matte Glanz ihrer hervorquellenden runden Augen verrät, daß der Gesang für sie wie eine Peitsche ist. Aber der Sänger möchte mehr, will, daß die Worte, die er erfindet und in Klänge gekleidet aus sich herausstößt, Pfeile sind, die ihr ins Fleisch dringen und ihre Seele berühren.

Die mithörenden Menschen können noch nicht so recht erkennen, worauf die Verse zielen. So zögern sie und warten ab, daß der Gesang in Schwung kommt und gleich einem Strom weiterfließt, der auch von dem fünfjährigen schwarzbraunen

Kamelhengst vernommen wird. Sein zottiger Kopf drückt den langen Hals schwer nach unten, und die Menschen wissen, daß in den tiefverborgenen und hellglitzernden Augen, die vor einigen Stunden noch den Wahnsinn ausstrahlten, nun Tränen wohnen. Gelingt es dem ersten schweren Tropfen, über den stacheligen Lidrand zu rutschen, so wird er den unsichtbaren Faden der Tränenkette durchreißen, die so lang sein wird wie der Gesang.

Der junge Hengst, der mit seiner Brunft warten mußte, bis sich die mächtigen volljährigen Hengste ausgetobt hatten, und sich erst vor wenigen Tagen in den schmerzlich-wonniglichen Liebeswahnsinn stürzen durfte, steht nun, in seiner Natur gestört, ohnmächtig vor den Menschen, die er gestern zum ersten Mal gesehen hat. Seitdem weichen diese ihm und seinen beiden Herdengenossen, der sandelbraunen Stute und dem um ein Jahr älteren rotbraunen Wallach, nicht mehr von der Seite.

Anfangs bebte in ihm die Wut, die dann in lähmende Angst umschlug, denn die Menschen erinnerten ihn an jene Männer aus dem letzten Winter, in dem diese so grausam in seinen Lebensraum eindrangen und die Hälfte seiner Herdengenossen abschlachteten.

Daß jene weit gereiste und zu allem fähige Händler waren, die Motorräder in Holzgestellen mit sich führten und ein jedes davon gegen jeweils acht Kamele eintauschten, wußte er freilich nicht, mußte aber mit ansehen, wie ein langes Auto angekrochen kam und die Menschen aus seinem Ladekasten die grellroten Eisengestelle mit viel Lärm herunterholten. Bald darauf gingen sie auf die Herde zu, fingen ein Kamel nach dem anderen ein, zwangen es auf die Knie und fesselten es. In dieser Hockstellung banden sie die Kamele in einer langen Reihe aneinander und begannen ihr blutiges Handwerk.

Immer zu zweit gingen die Männer auf die Gefesselten los. Einer faßte das Tier am Schopf, drückte den Kopf nieder, und der andere stach sein Messer in das Genick. Ein Zucken durchfuhr den Körper, ein Gebrüll erscholl, das so laut war, daß es fast sichtbar zu werden schien. Rot quoll es gegen den Morgenhimmel. Darauf zog der Mensch das inzwischen rotglänzende Messer schwungvoll aus dem Hinterkopf heraus und stach im selben Atemzug bis zum Griff in das untere Ende des langen Halses und riß ihn auf. Rot schoß ein dicker Strahl aus dem zitternden und schwankenden Körper hervor. Nun wurde aus dem Brüllen ein Zischen, das so lange andauerte, bis es in ein Röcheln überging und schließlich erstarb.

Die Männer waren geübt, sie arbeiteten mit flinken Griffen. In großer Eile verwandelten sie die toten, dampfenden Körper mit den gleich Aststummeln gegen den Himmel ausgestreckten Beinen zu einem dampfenden und glänzenden Fleischhügel. Sie brachen die Tierkörper auf, zertrennten sie, trugen die Brocken zum Auto und warfen sie hinauf. Dabei dampften sie selber wie klumpiges, moderndes Fleisch, und ihr Keuchen kam einem wie der Atem des Todes vor, der die Luft verpestete. Die gefesselten Tiere lagen daneben, und die Verschonten standen in einiger Entfernung. Sie alle mußten dem zuschauen, bebten und zitterten, und aus ihren Augen strömten ohnmächtige Tränen.

Das Morden dauerte den ganzen Tag, und als der Tod das letzte Glied der Reihe erreicht hatte, brannten längst die Sterne und der zunehmende Mond. Der Rest der Herde, dieses eine Mal dem Messer entkommen, konnte den Blick von den Teichen aus Blut und den Hügeln aus Gedärmen immer noch nicht abwenden.

Im matten Lichtschein der Gestirne dampften Berge, Hügel und Teiche weiter, und das Gelächter der Menschen in der Jurte hörte sich irre an. Bald wuchs es zu einem schaurigen Lärm, der die ganze Nacht dauerte.

Das Gedächtnis des Schwarzbraunen begann zu arbeiten, als nun wieder ein Auto mit fremden Männern auftauchte, die dann, ein jeder mit einem Lasso in der Hand, auf die zusammengetriebene Herde zukamen. Der junge Hengst, inmitten der Brunft, entflammte vor Wut, als er den einschneidenden Strick um den Hals spürte. Mit dem benäßten Schwanz schlug er auf den dicken Eisklumpen am hinteren Höcker, um gleichzeitig den Kopf am vorderen Höcker zu reiben. Er war im Begriff, sich auf den Hintern zu werfen, kam aber nicht dazu, denn er verlor das Gleichgewicht und fiel schwer und hart auf die Seite. Schaum quoll aus dem weit aufgesperrten Maul. Während er von grausamer Übermacht gefesselt wurde, wich die Wut dem Schreck, der, gleich Eisameisen, in ihm zusammenlief. Sein Widerstandsgeist brach, und der Besiegte fühlte Ohnmacht. So wartete er auf sein Ende. Allein das Ende, der Tod, kam nicht.

Düwüdün weicht nicht zurück. Hartnäckig geht er gegen die Taubheit an, die bei der sandelbraunen Stute anhält und ihn, der um ihre Seele wirbt, gleich einer Eisbrise anhaucht inmitten des kalten Tages über dem fremden, echolosen Stück Erde.

Es ist dir kein Hirte mehr
Seine Herztasche hängt leer
Ihn zieht es zum Gelde sehr ...

Ja, denkt Düwüdün, diese Menschen hier sind anders und wenig ähnlich denen, die man erwartet hat nach all dem, was man gelesen und gehört. Die gutmütigen, hilfsbereiten Gobimenschen gibt es nur noch in vergilbten Büchern und sehnsüchtigen Erzählungen. Aus den Bewohnern der Gobi sind kleine, schmierige Händlerseelen geworden, die dem Geld zuliebe vor nichts zurückschrecken.

Die drei Kamele waren der allererste Ankauf. Von jedem eines, einen Hengst, eine Stute und einen Wallach, dachte man und freute sich darüber. Aber die Freude hätte man besser verbergen sollen, denn sie kam den Käufer letztlich teuer zu stehen, weil plötzlich der Verkäufer einen Aufpreis verlangte.

»Warum nun dies?« fragte der Käufer ratlos.

»Ich sehe, ich habe meine Kamele zu billig abgegeben«, lautete die Antwort.

»Aber du hast ja dein Geld schon in Empfang genommen!«

»Es liegt drüben, ich gebe es dir zurück!«

»Und wir haben den abgeschlossenen Handel mit einem Handschlag besiegelt!«

»Meinetwegen, selbst das hat nichts zu bedeuten, so ist eben die neue Zeit, die Marktwirtschaft!«

Der Käufer überlegte: Von der Taktik her war es falsch, einer Erpressung nachzugeben, aber der Beginn des Handels durfte nicht scheitern. So zögerte dieser, als jener ihm das Geld bereits wieder entgegenstreckte. Die nehmende Hand ruhte hartnäckig auf dem Schoß, lag still unter dem zurückkommenden schweren, sauberen Bündel der himmelblauen Tausendtugrikscheine, löste sich dann doch und bewegte sich in eine andere Richtung, zur Aktentasche. Wenig später wurde ein weiterer Stoß von Scheinen mit den verächtlich herausgezischten Worten auf den staubigen Filzboden vor den Hausherren hingeklatscht: »Bitte, wenn du meinst, ein unehrlich verdientes Stück aus den knappen Mitteln notleidender Menschen kann dir Segen in die Jurte bringen, dir, einem Mann mit Jahren und Bart, aber ohne Scham und Stolz!«

Der Verkäufer, der die Hand mit dem Geldbündel längst gesenkt und im stillen mitgezählt hatte, blieb unschlüssig sitzen, denn er hatte nun doch nicht mehr die Kraft, das abgepreßte Geld gleich an sich zu nehmen. Ebensowenig hatte er in seiner Brust das Ehrgefühl, nein zu sagen und das Angebot abzulehnen. Stumm mußte er die Beleidigung schlucken.

Somit war der Handel gerettet, der gute Anfang erkauft, und von jetzt an hatte man nicht mehr nur noch ein edles Vorhaben, sondern als dessen sichtbaren Beweis drei quicklebendige Kamele, den dreifachen Anfang künftiger Hengste, Stuten und Wallache, den festen Kern einer künftigen Herde.

Düwüdün empfindet den unwürdigen Handel als bittere Kränkung: »Schändlich, wie die uns ausnehmen, wider jede Regel der Gastfreundschaft!«

»Macht nichts«, tröstet ihn der Häuptling, »wir werden ihnen junge Hengste und Stuten abkaufen und daraus eine noch größere Herde züchten, als sie selber je eine besessen haben. In zehn Jahren wird die Rechnung beglichen und in hundert Jahren die Kränkung vergessen sein!«

Düwüdün aber ist untröstlich: »Ach, wenn alles so einfach wäre!«

Der Häuptling jedoch bleibt fest: »Ein jedes Ding ist im Grunde einfach. Vor fünf Jahren hatte dieser Kreis noch zwanzigtausend Kamele. Inzwischen ist die Zahl auf knapp neuntausend gesunken. Deshalb auch der Eingriff von seiten der Regierung und unsere notwendige Sondergenehmigung. Du siehst ja, der Verkauf, das Abschlachten geht weiter. Den Kamelbesitzer interessiert unsere hochgestochene Genehmigung nicht, das Geld aber schon, wie sein Wucherpreis zeigt. Und Käufer, die Geld haben, wird es immer geben, die mit überhöhten Preisen in den Besitzern die Habgier entfachen und alles Ehrgefühl abtöten. Das wird so lange dauern, bis in der Gobi, der einstigen Wiege des Lebens, nach den Dinosauriern und Hunderten anderer Tierarten nun auch das Kamel ausstirbt, während wir, die wir heute um jedes Stück betteln müssen, in ihm das teuer erstandene Kleinod sehen, es hüten und pflegen werden. So wird sich unsere kleine Herde vermehren!«

Düwüdün hört aufmerksam zu und will sich Klarheit verschaffen: »Aber ich habe die Befürchtung, bei diesen Preisen werden wir nicht auf unsere zweihundert Kamele kommen.«

»Richtig«, kommt ihm der Mann, dem das Geld gehört, ruhig entgegen, »das Geld wird wohl für die Stückzahl, die wir uns vorgenommen haben, nicht mehr ausreichen. Aber ist denn das so wichtig? Ich meine, selbst die Hälfte ist gut genug. Denn hundert Kamele sind viel, da die Geschichte noch keinen kennt, der eine solche Menge an einen Strick gekettet hat, um damit vom einen zum anderen Ende der Mongolei zu ziehen. Wichtig ist doch die Karawane, die muß zustande kommen!«

»Ja, die Karawane!« sagt Düwüdün sehnsüchtig.

»Oh ja, die Karawane!« pflichten ihm die Männer bei, die ringsum stehen und zuhören. »Dann aber müssen es wenigstens wirklich gute Kamele sein!«

»Seht ihr drüben in der Herde auch nur ein schlechtes Tier?« fragt der Häuptling lebhaft.

»Nein!« ertönt die Antwort vielstimmig.

»So wird es überall sein, denke ich. In einem Herdenbestand, der innerhalb von nur fünf Jahren auf knapp die Hälfte zusammenschrumpfen mußte, kann längst kein Platz mehr für Minderwertige sein, und übriggeblieben sind die Edeltiere.«

»Das ist ja dann gut für uns, oder?«

»Ja, allerdings. Jedoch ist selbst das schönste Kamel für uns nur ein gutes, wenn es zahm und gehorsam ist. Also müssen wir ein jedes erst an uns binden und für unsere Zwecke abrichten.«

So geschieht es denn auch. Die Kamele werden geschult, und ihr erster Unterricht besteht darin, Sichtnähe ertragen zu können. Tier und Mensch gewöhnen sich aneinander. Darauf kommt die körperliche Berührung, und die Sprache ist der Gesang, so ist es immer gewesen, wenn sich der Mensch mit seinen vierbeinigen Brüdern und Schwestern verständigen wollte.

Die Sonne geht zögernd unter, und Düwüdün kommt es vor, als ob sie auf seine entscheidende Aussage warte. Diese jedoch fällt ihm nicht ein, so sehr er auch in seiner Brust nach Versen kramt, mit denen er die dickhäutige Stute gefügig machen kann. Die Nacht bricht herein und Wut packt den Sänger:

Warst du heut so dumm und hart
Bekomm ich später dich doch zart
Ich schwör es dir, du Dirne, wart ...

Düwüdün muß von der Stute ablassen. Bevor er geht, faßt er sie am unteren Vorderhals und erwartet dabei, sie würde brüllen, ja, ihn vielleicht anspucken. Allein weder das eine noch das andere geschieht. Dafür spürt er ein leises Zittern. Dennoch kommt er sich vor, als hätte er eine Schlappe erlitten. Dieses Gefühl wird er auch dann nicht los, als er am Schwarzbraunen vorbeigeht und ihm, der von ihm den Blick noch immer nicht abzuwenden vermag, mit flacher Hand die Schultergegend reibt. Der Hengst lehnt sich genüßlich gegen die Hand und stöhnt darauf schwer, wohl deshalb, weil der Gegendruck ausbleibt. Der Mensch aber überhört seltsamerweise das Stöhnen. Auch übersieht er den Wallach, der sich gleich als ein williger, gelehriger Schüler erwiesen hat und nun den anderen beiden zu Füßen liegt und friedlich wiederkäut.

Später kommt es am offenen Feuer zu einem klärenden Gespräch. »Was habe ich falsch gemacht?« fragt Düwüdün in die Runde.

»Alles ist hier so anders«, meint einer und die anderen am Feuer ergänzen »gestaltlos«. »Wie an einem uferlosen Wasser« »Wie inmitten der Endlosigkeit« »Echo- und schattenlos« »Nichts, woran man sich festhalten kann.«

Da beginnt der Häuptling zu erzählen. Er berichtet von Erfolgen und Niederlagen, die sein Leben begleitet haben, und er beendet seine Geschichte mit der Erzählung eines Traums.

»Am Anfang des Traumes«, sagt er, »den ich eine Weile allein träumte, der nun schon von zwölf Menschen und bald von Hunderten und Tausenden geträumt wird, standen fünfhundert Kamele. Die Inflation kam und verschlang einen großen Teil des Geldes, das ich mit dem Schweiß meines Leibes und dem Verschleiß meines Hirnes zusammengetragen habe. Und nun, gleich beim ersten Schritt von den erträumten zu den wirklichen Kamelen, haben wir zusehen müssen, wie ein schlauer Mensch wußte, uns einen dicken Happen zu entreißen. Wir wissen nicht, wer da noch als Wegelagerer auf dem Weg zu unseren Kamelen lauert und nach seinen Vorteilen giert. Ein jeder bemüht sich kleinschlau, einen Vorteil zu ergattern, damit er sich von dem Braten, den wir mit uns führen, seinen Anteil abschneide, also schmiedet man vielerorts Pläne. Doch bedeutet dies gleichzeitig, daß nicht nur wir uns auf die Kamele zubewegen, sondern auch, daß sie auf uns zugetrieben werden. So läuft alles auf die Karawane hin. Das scheint übrigens der normale Lauf der Dinge zu sein, wenn ich auf die verlebten Jahre zurückblicke: Groß und schön wird ein jeder Traum geboren, wird dann verbeult, rundgeschliffen und hohlgefressen, wie der Mensch selber ja auch. Und doch bleibt immer etwas von ihm zurück. Niederlagen«, schließt der Erzähler heiter, »härten ab, sie prägen den Menschen, während Siege ihn verwöhnen und verweichlichen.«

Dann endlich kommt er auf die Frage zurück, die eine ganze Weile in der Luft hat hängen und warten müssen: »Düwüdün meint also, er müsse etwas falsch gemacht haben. Ich sehe das anders. Er hat gut gesungen, hat zäh gerungen. Dank seiner ist der Schwarzbraune, der Erstling und das Oberhaupt der Herde, nun unser. Die Stumpfheit der Stute muß andere Gründe haben. Sie ist soeben gedeckt worden. Also ist sie gestillt und erst einmal gesättigt. Und die Frucht ist erst im Werden, ist noch nicht in der Lage, auf die Drüse der Mutterschaft zu drücken. Doch kann der Gesang an ihr nicht ganz vorbeigegangen sein. Kommt die Zeit, wird sie sich an ihn erinnern. Und wenn du dennoch etwas falsch gemacht haben solltest, Düwüdün, dann vielleicht dies: Du hast in deinem Gesang die Geldgierigen angeprangert. Ich weiß, sie stören dich, wen stören sie nicht! Aber sie stören auch den Gesang. Die Mutterschaft, die du anfangs heraufbeschworen hast, konnte nicht erweckt werden, da du dich an Unwürdigem verschwendet hast. Diesen Fehler habe ich als junger Dichter auch hin und wieder gemacht, da ich mir Seitenhiebe erlaubte. Das Ergebnis war, daß der Erzählfluß, der am Anfang so mächtig strömte, gegen Ende nur noch kümmerlich und kläglich dahintröpfelte. Doch ändert selbst dies an der Sache nichts. Du bist ein Sänger, nicht nur, weil du singend einen abseits stehenden brunftigen Hengst aus seiner Tollheit zurückgeholt und ihn beruhigt hast, sondern auch, weil ich dir zuhörend gedacht habe: Ja, dieser ist ein würdiger Sohn der Chejmesch!«

»Sie wollten sicherlich sagen: Aimesch?« fragt Anaj, der jüngste der Mannschaft, ahnungslos.

Der Häuptling stutzt, schaut mahnend auf den Ahnungslosen und dann fragend auf Düwüdün. Dieser rückt stockend heraus: »Die ... nach der ich genannt wurde ... ist die ältere Schwester ... meiner Mutter und ... hat mich großgezogen, nachdem ...« Seine Stimme verrät große Aufregung und bricht schließlich ab.

»Schwester Chejmesch ist eine kühne Person gewesen«, greift der Mann ein, der sich längst für alle in der Rolle des Vaters und darum wohl für alles verantwortlich fühlt. »Und sie hat, während sich alle anderen dumm und stumm wie Schlachtvieh duckten und der Willkür fügten, jenen, die sich auf Kosten der feigen Herde ein süßes Leben erlaubten, den Kampf angesagt. Dafür wurde sie aus Rache von denen ausgelöscht.«

Düwüdün bricht in Tränen aus. Er schluchzt leise und fragt, nachdem er sich langsam wieder beruhigt hat: »Stimmt es, Dshuruk-Uwaa-aga, daß Sie das Schicksal meiner Mutter kennen?«

Der sonst erzähllustige Mann zögert. Dann berichtet er, leise, stockend: »Ja, vor fünfzehn Jahren war es. Am dritten Tag des Jahres wurde ich eingeliefert und vierzig Tage später wieder entlassen. Ich hatte nichts dagegen, dort zu landen. Einerseits hatte man mich wohl aus der Welt schaffen wollen, und andererseits wollte auch ich mich dorthin verziehen, vielleicht flüchten vor der Hölle, die sich vor mir wieder aufzutun drohte. Die Untersuchung lief seit Monaten, und eine erneute Entlassung stand mir bevor. Da schien es mir besser, wegzukommen aus dieser Mühle. Und dort glaubte ich, ein zwar ungewöhnliches, auf alle Fälle aber sicheres Versteck vorzufinden.

Verschiedene Namen wurden für das Gelände benutzt, auf dem ein Dutzend Baracken hinter dem einzigen schweren Steinhaus standen, und das von einer unüberwindlichen Mauer umgeben war. Die Ärzte und Insassen sagten Krankenhaus dazu, Außenstehende redeten jedoch von einer Anstalt. Viele saßen dort für Jahre, einige, die sogenannten hoffnungslosen Fälle, sogar für Jahrzehnte.

Nach Schwester Chejmesch forschte ich damals und fand schließlich heraus, daß sie dort gewesen war, nicht ganz drei Jahre lang. Sie muß bis zuletzt bei vollem Verstand gewesen sein, und wußte wohl, welche Zukunft sie erwartete, denn sie hat ihrem Leben selber ein Ende gesetzt.«

Düwüdün zuckt zusammen, ein dumpfer, kurzer Schrei entfährt ihm. Er schluchzt erneut auf, diesmal laut. Alle verharren still, sie warten darauf, daß er sich ausweint und beruhigt. Schleierwolken müssen aufgekommen sein, die Himmelssterne kommen den auf der Erde Sitzenden jetzt blaß vor, und auch der Mond ist nicht zu sehen. Zahm glimmt das Dungfeuer. Die Kamele scheinen innezuhalten, haben aufgehört wiederzukäuen, und auch Ajantschin, der Hund, hockt am Lagerrand und lauscht. Endlich beruhigt sich der Weinende, und Sergeleng, der Älteste unter den Hirten, sagt: »Auch ich höre die Geschichte zum ersten Mal. Wie wäre es, wenn wir morgen auf der nächsten Anhöhe einen Owoo errichten und ihn nach der Schwester benennen?«

»Der Owoo kann wachsen und sich im Gedächtnis der Reisenden festigen«, hält ihm sein Nebenmann entgegen, »der Name aber nicht, da wir, die wir ihn kennen, fortziehen werden.«

»Trotzdem können wir einen Owoo beginnen und die Schwester um Vergebung bitten«, meldet sich der nächste, »dafür, daß unsere Väter und Mütter sie nicht beschützen konnten und auch dafür, daß wir bis zur Stunde nichts von ihr gehört haben. Und was den Namen angeht, so wird für uns alle ab heute Düwüdün nach seiner leiblichen Mutter genannt werden.«

Der aber gibt zu bedenken: »Schon einmal wollte ich dieses,

durfte es aber nicht. Außerdem, wie wird es mit den Dokumenten werden, wenn ich plötzlich zur Hälfte anders heiße, als darinnen geschrieben steht?!«

Da aber meldet sich Gambaa mit erregter Stimme: »Hast du vergessen, daß wir längst in einer anderen Zeit leben? Wenn du mit diesen Dokumenten den Bürgerpaß meinst, dann stimmt da bei den meisten wohl das Allerwenigste. Doch was kümmert uns schon solches, da wir doch alle auf dem Weg zu einem neuen Anfang sind?!«

»Und wo wir gerade dabei sind«, wirft der nächste ein, »Geschichte zu machen!«

# Die Geschichte sickert durch Sand und Kälte

Die Gobisteppe wird zu ihrer Jurte, und allmählich gewöhnen sie sich an den kalten, hellgelben Sand, der durch alle Poren dringt. Sandverweht liegen sie, wenn sie morgens aufwachen. Sand müssen sie aus ihren Augen und Ohren reiben, aus der Kleidung klopfen, aus den Stiefeln schütteln. Eine Sandschicht bleibt auf dem Innenboden der Schalen zurück, wenn sie Tee trinken, und Sand mahlen ihre Zähne, wenn sie Trokkenfleisch oder -quark kauen. Sand, denken und sagen sie mit der gleichen Ehrfurcht, mit der sie sonst Stein oder Gletschereis gedacht und gesagt hätten.

Das Frühjahr wird von Tag zu Tag stürmischer, und die Nächte immer kälter. Es ist, als treibe das Leben auf den Winter zurück. Die Tage vergehen für die Mannschaft doppelt stürmisch; der Häuptling thront im Führerhaus, führt Buch und verbringt die meiste Zeit unter den neugierigen Blicken fremder Männer und manchmal auch Frauen, die schon zur Morgenstunde erscheinen und sich erst bei einbrechender Abenddämmerung zurückziehen.

Die Hirten kleben mit geradezu militärischer Disziplin an

den Kamelen und drillen sie zu vielseitigen Nutztieren. Der Handel geht nur schleppend voran. Man wartet ab, forscht, will die Kamelpreise irgendwie noch weiter in die Höhe treiben. Tage verstreichen. Der Häuptling ist in seinem Element, ist ganz Stammesfürst. Er hat zwei Leibwächter, die keinen an ihn heranlassen. Cheme sitzt ihm zur Linken und zählt Geld, während Ajantschin ihm zur Rechten hockt und knurrt, wenn sich ein Fremder nähert.

Diese Ordnung herrscht, seitdem zwei Angetrunkene ihre Kamele unbedingt für noch höhere Preise abgeben und zum Schluß gar handgreiflich werden wollten, weil der Häuptling darauf nicht einging. Häufig kommen Betrunkene auf Motorrädern angefahren und fordern stets zwei Dinge: Zigaretten und Benzin. Da sie weder das eine noch das andere bekommen, gebärden sie sich manchmal frech und angriffslustig. Der Häuptling und die Seinen zeigen sich jedoch unbeeindruckt von ihrem Gehabe.

Einmal erscheinen vier Halbwüchsige, ein jeder mit einem Kamel und einem Hund. Sie stellen sich betrunken und hetzen ihre Hunde auf Ajantschin. Dieser will sich sogleich in den Kampf stürzen, doch Scharaw, der Wache hat, kommt ihm zuvor und streckt mit gezielten Schüssen zwei der angreifenden Hunde zu Boden. Der Rest zögert und wird zurückgerufen, schnell machen sich die Burschen aus dem Staub.

Die Distanz, die er hält, macht seine Person erst richtig interessant für Fremde, bemerkt der Häuptling. Viele Fragen umkreisen ihn, gelangen aber erst gar nicht zu ihm, sondern werden von den Hirten aufgefangen und gleichlautend beantwortet. Der Fürst, der hinter der Glasscheibe leibhaftig sitzt, beschäftigt die Leute. Wie dies möglich sei im Sozialismus, der hierzulande noch lange nicht zu Ende ist, möchten sie wissen. Ob er vielleicht neu gewählt worden oder gar von woanders gekommen sei. »Bei uns ist alles anders«, lautet die Antwort, »wir sind eben ein anderes Volk.«

Die Sprache, in der sich die, die dies behaupten, miteinander und auch mit ihrem Fürsten unterhalten, untermauert diese Aussage. Und das Geld, die Bündel der blauen Tausender, die Cheme den Verkäufern lässig herunterreicht und die unerschöpflich zu sein scheinen, lassen den Menschen keine Ruhe. Sie kommen von weit her geritten oder gefahren. Nun stehen sie da und gaffen den Fürsten und seine Untertanen an.

Nach dem sechzigsten Kamel schickt dieser ein Gerücht auf den Weg. Hier, in Öldsijt, würden sie höchstens hundert Kamele nehmen, da die Qualität der Tiere nicht den Preisen entspreche, die er zu zahlen bereit sei. Die restlichen vierhundert würde er lieber weiter im Süden kaufen.

Am nächsten Tag werden sie von Verkäufern bestürmt, die ihre Kamele hertreiben, oder, selber auf dem Motorrad sitzend, hupend und brüllend herbeihetzen. Im Nu haben sie hundert Stück beisammen. Nun sind sie in der günstigen Position, sich Bitten anzuhören, und kaufen weitere dreißig Kamele. Das Geld hätte noch für ein paar weitere gereicht, aber der Häuptling läßt es lieber bei der runden Zahl und kauft dafür noch zwei Pferde, die ihn zwar das letzte Geld kosten, die er aber für die Verfolgung zurücklaufender Kamele dringend benötigt.

Zur Mittagsstunde des zwölften Tages erreichen sie die Grenze des Landkreises, dem sie die Herde entführen. Zum ersten Mal seit zwei Tagen und einer Nacht rasten sie und sehen nun erschüttert, wie sich die Tiere umdrehen und aus ihren Augen ein Meer von Tränen strömt. Zweihundertsechzig Augen müssen dauernd geweint haben während des langen, schweren Weges, auf dem die Herde, zu einem festen Halbkreis zusammengedrängt, unerbittlich hart gegen Sturm, Kälte und Sand vorangetrieben wurde, und ihr so keine Zeit blieb, sich umzuwenden.

Auf einer Anhöhe errichten sie einen Owoo aus einhundertdreißig Steinen, die von den Hügeln zu beiden Seiten herbeigetragen werden. Die kamelbraunen Brusthügel mit den sonnenverbrannten, rundgeschliffenen Steinen an ihren Südhängen ziehen sich in einer ununterbrochenen Kette entlang der kargen Landschaft in beiden Richtungen über den Horizont hinaus. So werden diese Kamele, die zwar teuer, letzten Endes aber doch gegen nicht viel mehr als zwei Säcke Papierfetzen die Heimat wechseln müssen, durch Raum und Zeit gehen.

Sie verneigen sich vor der Gobi-Erde und dem Himmel darüber, vor ihrem zurückbleibenden Teil wie vor dem vor ihnen liegenden, und bitten alle guten Geister darum, ihnen beizustehen.

Der Häuptling schaut auf die Herde, die ein tiefes, doch leuchtendes Braun ausstrahlt. An Perlen in einer hohlen Hand erinnern sie, wie sie die helle, sandige Mulde füllen, und auch an grasbewachsene herbstliche Berge mit Zwillings- und Drillingsgipfeln im gleißenden Schein des Sonnenfeuers. Einhundertdreißigmal Wunder, das ihn nun wie das tägliche Licht begleiten wird, und einhundertdreißigmal Leben, das es jetzt wie sein eigenes zu schützen gilt.

Fünfhundert Kamele hätten, denkt er, die Mulde über ihre Ränder hinaus gefüllt, und leise Wehmut regt sich unter seinem Zwerchfell. Sie gilt dem Traum, der auf dem Weg zur Verwirklichung zusammenschrumpfen mußte, so, wie sich ein kopfgroßer Schaum zu einer Handvoll Wasser zusammenzieht. Aber, weiß er sich zu trösten, die Kamele werden sich zu einem Vielfachen der Traumherde vermehren, sie werden nicht nur eine Mulde, sie werden die Bergsteppen und -täler des Hohen Altai füllen.

Elf Tage später, inzwischen liegen ganze Breitengrade und die Gobi hinter ihnen, kommt an einem Tag mit eisigem Schneesturm das einhunderteinunddreißigste Kamel selber zu ihnen. Eine Kamelmutter fohlt. Es ist die schönste aller sechzig Stuten, die nußbraune mit dem glitzernden Flaum, von der Sergeleng zuvor gesagt hat, von ihr gingen lähmende Strahlen aus. Während sie nun den Hals mit den flatternden dichten Haaren über das glitschige, zittrige, fast schwarze Etwas streckt und versucht, es vor den Sturmböen abzuschirmen, behält der Häuptling ihr junges, spitzes Gesicht mit den tränenden, schreienden Augen im Blick und denkt dabei an die Sorgen einer jeden Mutter, und das Leben kommt ihm wie ein Meer vor, dessen Ebbe Sorge und dessen Flut Liebe heißt. Und während der Blick ihrer Augen ihn inmitten solcher Gedanken trifft und mit seinem gesammelten Lichtfeuer auf ihm ruht, glaubt er erstmals auch Männer zu verstehen, die sich zu Kamelstuten hingezogen fühlen. Ja, denkt er, sollte ich eines Tages zum Knecht meiner Gelüste werden und dem Weiblichen verfallen, so will ich dich einer zweibeinigen Stadtstute auf alle Fälle vorziehen, Schwester!

In ihrem Blick fließen Verständnis und Unverständnis ineinander. Ersteres schreibt er sich selber zu, das andere muß dem großen Gefüge der Dinge, der Natur gelten, die die Kamelmutter mit der wunderbaren Gabe versehen hat, ihren Körper und ihr Leben zu teilen. Weshalb aber, wenn sie es in Fürsorglichkeit fertiggeformt, auf ihre Wohnstätte, die Erde, endlich entläßt, dann diese eisige Kälte, mit der ihr Werk, das neue Leben, empfangen wird? Er weiß keine Antwort darauf, weiß dafür aber, daß der Mensch verpflichtet ist, das Tier wie ein eigenes Kind im Leben zu empfangen und zu beschützen.

Also beraten sie und beschließen, Mutter und Kind so schnell wie möglich in Sicherheit zu bringen. Und die Sicherheit liegt in diesem Falle gut fünfzehn Örtöön entfernt. Sie fesseln und verpacken die Stute in der Liegestellung, verladen sie auf den Lastwagen und schieben ihr das Fohlen so unter den Hals, daß es im herabhängenden dichten Haar fast verschwindet. Das ausgewachsene Kamel ist schwer, und nur mit Mühe schaffen sie es, die Stute bis an die Brusthöhe zu heben, um sie dann auf die Ladefläche zu bringen.

Auf der Weiterfahrt spürt der Häuptling eine Unpäßlichkeit in der rechten Schultergegend. Weder brennt noch sticht es, es prickelt nur und strahlt bis zu den Fingerspitzen hinab. Die Unpäßlichkeit vergeht auch in den nächsten Tagen und Wochen nicht. Er denkt an eine Muskelzerrung und weiß noch nicht, daß er ein ausgerenktes Schlüsselbein hat, das im Laufe des Frühjahres und des Sommers zu einer Geschwulst führen und ihn unters Messer bringen wird. Das aber wird er erst Monate später wissen und sich zu einer Lebensbilanz genötigt sehen. Daß ausgerechnet die Ankunft eines neuen Lebens diese Erschütterung, die unter Umständen das Ende hätte sein können, ausgelöst hat, wird dabei ein leiser, aber überzeugender

Trost sein, da man tagtäglich sieht, wieviel menschliches Leben auf niedrige, unwürdige Art ein Ende findet.

Der Fahrer fährt die Strecke verbissen durch und legt sie in nur sechs Stunden zurück. Der Häuptling hält ihn durch seine Gegenwart wach und hängt auf einer Seitenspur seiner Gedanken kleinen, hellen Träumen nach. Das Erstlingsfohlen ist weiblich und erfüllt ihn mit Zuversicht, die Herde wird sich vermehren. Vor seinem geistigen Auge gleicht ein Kamel einem Hügel unter spärlichem Wald, und mit der Karawane wird eine Kette von Waldhügeln in den Altai einziehen.

Die Ankunft des Lastwagens auf der tuwinischen Insel am nördlichen Rande des Grenzkreises löst eine kleine Explosion aus. Kaum springt die Stute auf, die man auf einen Heuschober hinunterschiebt und entfesselt, da preschen Pferde und Rinder in der Koppel gegen die Querstangen, reißen sie nieder und stürmen ungestüm auseinander. Lärmend kommen darauf erst Hunde und dann Menschen von allen Seiten zum seit Menschengedenken ersten Kamel im Flußtal Chiraan. Das Fohlen läuft schwankend auf stelzigen Beinen, gesellt sich zur Mutter und sucht nach dem Euter. Sein Fell ist inzwischen getrocknet, und der schmale Kopf am Ende des langen Halses ragt keck in die rötliche Luft mit den scharfkantigen Strahlen der untergehenden Sonne, als ob er verkünde: Hier bin ich!

Die Pferde und Rinder kommen kaum zum Stehen, als sie sich umdrehen, um wieder zurückzutraben, nun mit leisem Gewieher und Schnauben. Wieder und wieder flüchten sie, können aber in ängstlicher Neugier nicht ablassen von dem, was sie zum ersten Mal sehen.

Gleiches geschieht mit den Menschen. Diese aber können

ihre Gefühle in Worte kleiden, und es sind erhabene und zärtliche Worte, erhabene, die dem Himmel und der Erde und den Geistern, zärtliche, die einer Mutter und ihrem Kind gelten.

Die dreißigjährige Uushum trägt beidhändig ein langes Chadak herbei, tritt an das Kamelkind heran, umwickelt ihm damit mehrmals den Kopf und verknotet beide Enden unter dem Kinn. Das geschieht unter kraftaufreibendem, fast lebensgefährlichem Einsatz, denn die Stute geht auf sie los, rammt sie und versucht, sie zu beißen.

Die angriffslustige Gebärde des riesigen Wesens mit dem schäumenden Maul, den flammenden Augen und dem dumpfen Gedröhn in der Brust zwingen selbst diejenigen, die in guter Entfernung stehen, dazu, mit ängstlichem Geschrei auszureißen. Die schmächtige Frau aber vollendet, was sie vorhat. Wieder unter den Zuschauern, sagt sie: »Als Kind habe ich zugeschaut, wie kasachische Nachbarn ihre Kamele behandelten, Frischlingen setzt man Mützen auf.«

»Dein Chadak«, sagt darauf der Häuptling, an sie gewandt, »verdient, erwidert zu werden. Die beiden sind mein Geschenk an dich. Mutter und Kind mögen dir nicht nur die Jurte tragen, sondern dir, deinen Kindern und Kindeskindern so viele rotbraune Kamele schenken, wie die Gobi Hügel und der Altai Felsbrokken hat!« Die Frau erblaßt und errötet, sie findet keine Dankesworte, an ihren Lidrändern zeigen sich Tränen.

Immer neue Reiter erscheinen am Rande des Ails. Die Menschen kommen mit staunenden Bemerkungen näher und stellen viele Fragen. Die allererste gilt den Kameltreibern, die nun fast einen Monat unterwegs waren und bis auf den heutigen Tag nichts haben von sich hören lassen. Jedes Mal muß der

Häuptling alles von neuem erzählen. Und bei der Erzählung, die aus Wiederholungen besteht, sieht er, daß die Idee, der er sich verschrieben, einem Brand gleicht, der um sich frißt und Raum erobert, auf weitere Opfer übergreift und sie in einen Sog reißt, aus dem sich zu befreien keinem mehr gelingen wird.

Viele Tage und Nächte war er allein und erfreute sich an seiner Idee wie eine Mutter an ihrem werdenden Kind, sie wurde Teil seines Lebens. Dann wurde der Sohn von ihr erfaßt, und zu zweit fuhren sie ein ganzes Jahr lang Tausende von Kilometern von Jurte zu Jurte. Der Vater redete mit ihren Bewohnern, während der Sohn wartete, Holz hackte, Wasser trug oder anderweitig bei den wildfremden Leuten behilflich war, um sie günstig zu stimmen. Meistens wurden sie gut aufgenommen, doch kam es auch vor, daß man sie wie Bettler, schlimmer noch, wie Betrüger behandelte.

In der Gedankenwelt eines aussterbenden Volkes hausten vielleicht besonders viele Vorurteile und Dünkel, denn er, der er den Mittel- und Weglosen helfen wollte, war ständig der Bittende und wurde ein- oder zweimal sogar wie ein streunender Hund behandelt, der sich erdreistete, die Jurtenschwelle zu betreten. So mußte der Vater einiges erdulden, aber dem Sohn war es eine gute Lehre. Endlich jedoch kam der Tag, an dem er der Häuptling war, hinter sich eine Zehnerschaft wußte und der Weg frei war.

Nun steht er an der Spitze einer Hundertschaft und sieht in diesem Augenblick helle Gesichter vor sich, aus denen jegliche Spur des Mißtrauens verschwunden ist. Voller Stolz denkt er an den Jungen mit Namen Temüdshin, der den schmalen Pfad der

Geschichte mit nur einem Getreuen begonnen und es nach und nach geschafft hatte, zum Tschingis Chan zu werden.

»Unsere Sache sieht gut aus!«, versichert er den Menschen, die um ihn herum einen Kreis gebildet haben. Das richtige Wort muß gefallen sein, denn ein Aufruhr geht durch die Runde, Begeisterung liegt in der Luft. »Vor den tausend neckenden Fragen brauchen wir uns nun nicht mehr zu verstecken, die Karawane wird aufbrechen, denn die ersten Kamele sind eingetroffen, greifbar für alle!«

# Die Geschichte eines Tugrikmillionärs

»Bin Millionär«, sagt Altanbat vor sich hin, leise, aber hörbar, und erschrickt darauf vor seiner eigenen Stimme. »Millionär«, wiederholt er einige Sekunden später, nun schon etwas lauter. Und diesmal ist das, was er empfindet, kein Schreck, sondern Stolz. Millionär ist er geworden, der Hirte Altanbat, Sohn des tuwinischen Jägers Semeschdej. Er ist zwar nur ein Tugrikmillionär, aber ein redlicher, im Gegensatz zu dem Ungeziefer von Schiebern und Betrügern, die sich, kaum haben sie eine Million Tugrik zusammen, auf die Brust pochen und lauthals verkünden: »Schaut her, hier bin ich, ein Millionär!«

Die halbe Nacht hat er hellwach dagelegen und im Kopf gerechnet, was die achthundertfünfzig Schafe und hundertfünfzig Rinder ihm einbringen werden, die er heute zu verkaufen gedenkt. Eine schwindelerregende Zahl kommt dabei heraus, die schwindelerregend bleibt, obwohl er alle möglichen bevorstehenden Ausgaben davon abzieht. Hoffentlich habe ich mich nicht verrechnet, denkt er, und spürt dabei sein Herz heftig pochen. Den Morgen kann er kaum erwarten, und als es endlich zu tagen beginnt, steht er auf, zieht sich in der Halbfinsternis an und geht weit hinaus in die Steppe. Dort setzt er sich auf eine Anhöhe und beginnt damit, auf dem Papier alles noch einmal zusammenzurechnen. Und es stellt sich heraus, er hat richtig gerechnet.

Altanbat ist ein guter Rechner. Das war er schon immer, obwohl er in der Schule über den Durchschnitt nie hinauskam. Doch war er bei den Lehrern gut angeschrieben. Dies auch im wörtlichen Sinne, denn er hatte einen Namen, der sich gut schreiben ließ: Aus Aldanbaj, wie ihn die Eltern und Verwandten nannten, machte er einen unauffälligen und dazu noch sinnvollen mongolischen Namen. Und er wußte, weshalb er es tat, denn mit dem tuwinischen Namen und dazu noch einem Baj würde er nur Ärger bekommen. Mit dem neuen, tadellos neuzeitigen Namen jedoch würde er jederzeit, wenn er es wollte, untertauchen und sich als waschechter Mongole ausgeben können.

Als er diesen Einfall hatte, war er gerade fünfzehn Jahre alt und hatte bereits auch eine andere Entscheidung getroffen. Er hatte die Schule verlassen und zu arbeiten begonnen. Er wollte ein Held der Arbeit werden, wollte Orden tragen, berühmt werden und Geld verdienen. Also wurde er Traktorist. Und was er anstrebte, das vergaß er keine Minute lang. Er arbeitete fleißig und begriff, daß Fleiß allein nicht genügte. Es kam vor allem auf das Benehmen an, er mußte, wenn er die Ziele, die er sich gesetzt hatte, wirklich erreichen wollte, jedem gefallen. Er lernte bewußt aufzutreten, näherte sich einem jeden mit der festen Absicht, sein Wohlwollen zu erringen, was ihm immer leichter und besser gelang.

So kam, was kommen sollte. Zuerst waren es nur Pappen, Urkunden genannt, und viele ärgerten sich über sie. Manch einer schaute sich das beschriftete und bestempelte Papier gar nicht erst an, zerknüllte oder zerriß es und steckte es in den nächsten Abfallkorb. Er aber bewahrte alles sorgfältig auf, zeigte Ehrfurcht davor und freute sich manchmal auch darüber, denn zu manchen Urkunden gehörte eine Geldsumme oder etwas anderes Nützliches. Wenn man Pech hatte, konnte dieses ein Leninkopf aus Gußeisen oder ein Süchbaatarkopf aus Gips sein. Meistens aber war es ein Oberhemd oder eine Thermoskanne, etwas, das der Mensch brauchte.

Dann kam das rote Band des Rekords. Da war er gerade achtzehn, und das Foto, das ihn mit dem beschrifteten, spannbreiten Band des Rekordhalters zeigte, erschien später in der Bezirkszeitung. Dem folgte die erste Delegierung zu einer Republikberatung. Er sah Ulaanbaatar, sah Zedenbal leibhaftig, hörte ihn reden, saß unter denen, die jenem applaudierten und zuriefen. Er schlief im flaumweichen Hotelbett mit schneeweißer Bettwäsche, wusch sich in einem spiegelblanken Trog unter herausflutendem Wasser, das nicht aufhörte zu fließen, und stand kopfschüttelnd vor dem Porzellaneimer, der weißer war und sauberer glänzte als die Eßteller und Trinkschalen in der Kreisgaststätte, so daß es ihm leid tat, seine Notdurft darein verrichten zu müssen.

Mit neunzehn wurde er in die Partei aufgenommen. Glückwünsche kamen von allen Seiten. Kommunist sagte man anerkennend zu ihm. Es wurde zum bestimmenden Beiwort zu seinem Namen, zu einem seiner beiden Titel.

»Mensch«, fragten ihn die Kollegen, »wie hast du das bloß geschafft?« Er mußte darauf nicht antworten, wußte aber den Beschämten und damit den Bescheidenen zu spielen. »Du bist ein schlauer Kerl, hast es geschafft, die allerwichtigsten Schritte nach oben richtig und zügig zu machen«, sagte ein Mann, dem er heimlich nacheiferte, »nun bist du auf der Bahn, auf der du vorwärts zu allen Höhen getragen wirst, und alles ist nur eine Frage der Zeit!«

Dieser Mann muß ein Schlitzohr gewesen sein, denn es kam so, wie er es vorausgesagt hatte. Es kam von selber, und Altanbat tat nicht mehr, als daß er dem nachging, was sich ihm anbot. Mit dreiundzwanzig Jahren hielt er seine Brust der ersten Staatsauszeichnung entgegen, die auf dem Jackenaufschlag angeheftet wurde. Zwar war das nur eine Medaille, aber das Stück emaillierten und wohlgeformten Metalls glänzte beinahe erschlagend und faßte sich wunderbar kühl und glatt an. Ja, das war schon etwas anderes als diese Urkunden, deren Sinn sich so ziemlich darin erschöpfte, daß man sie vor einem Publikum entgegennahm, das dazu applaudierte.

Zwei Jahre später kam der erste Orden zu ihm. Daraufhin wurde er zum Deputierten und Delegierten aller möglichen Kongresse, Parteitage und Gremien, wurde dreifacher Ernterekordinhaber im Republikmaßstab und Mitglied des Zentralkomitees der Mongolischen Revolutionären Volkspartei. Was einzig noch fehlte, war der Titel des Helden der Arbeit, doch war jedem klar, daß auch dieser bald hinzukommen würde, das war die unweigerliche Logik der Dinge.

Da geschah etwas Widersinniges: Der Sozialismus, der doch die Zukunft der ganzen Menschheit sein sollte, brach zusammen!

Groß waren bei Altanbat der Schreck wie auch die Enttäuschung. Doch dauerte es nur eine kurze Zeit, bis er merkte, daß der sterbende Staat wie erlegtes Wild ausgeschlachtet werden konnte, und erkannte, daß die Stellung als Mitglied des Zentralkomitees, gekoppelt mit seinem Titel als dreifacher Republikrekordinhaber imstande war, ihm einen günstigen Start in die neue Zeit zu verschaffen.

So packte er zu, und der ruhmreiche Arbeiter-Kommunist und hohe Parteifunktionär verwandelte sich, nicht über Nacht, sondern binnen Stunden, in das Gegenteil von dem, was er bis jetzt dargestellt hatte: in einen Pächter und wenig später in einen Besitzer!

Er brachte die Viehbrigade unter seine Kontrolle. Es stimmte ja auch, daß diese durch ihre traditionelle Struktur an dem durch und durch mechanisierten Körper des Ackergutes immer wie nebensächlich, oft wie überflüssig gewirkt hatte. Nun konnte er sie abtrennen von dem sterbenden und auseinanderfallenden Ganzen. Und da er fleißig war, rechnen konnte und über genügend und zuverlässige Arbeitskräfte verfügte, er hatte zehn Kinder, deren Mehrheit bereits im Arbeitsalter war, vermochte er die Viehwirtschaft in kürzester Zeit von einem kriechenden in einen trabenden Wirtschaftszweig zu entwickeln.

Schmerz- und nahtlos verwandelt er sich nun von einem Wort-Sozialisten zu einem Tat-Kapitalisten. Lautstark verdammt er die alte Struktur, dieses Wort liebt er, die jegliche persönliche Initiative gehemmt hat, und preist die Marktwirtschaft. Wie gut, daß es dieses Wort gibt, denn sonst müßte man Kapitalismus sagen, den aber sollte man tunlichst vorerst nicht beim Namen nennen!

Altanbat weiß, daß er sich diesmal nicht zu verstellen braucht, und eine der neuzeitlichen Floskeln, die er sich gemerkt hat und selber hin und wieder benutzt, lautet: Die neue Struktur ist schon deswegen gut und verdient es zu überleben, weil sie jedem erlaubt, das zu bleiben, was er ist. Freilich ist er intelligent genug zu wissen, daß er wieder mit Worten spielt, die dafür herhalten müssen, die neue Ordnung zu rechtfertigen. Dabei denkt er: Warum soll ich es nicht auch tun? Ein jeder, der vorwärts kommen will, braucht doch den Rückenwind!

Er kommt sich wie entfesselt vor und spürt das ungestüme Verlangen, sich dahin und dorthin zu stürzen, anzupacken und herauszuholen, was zu fassen ist. So schickt er die beiden ältesten seiner Kinder mit einem erfahrenen Schieber über die Grenze, bewegt seine Frau dazu, eine Wandergaststätte zu eröffnen, die hauptsächlich das Fleisch verendeter Tiere verwertet.

Auch sich selber gönnt er keine freie Minute: Mal ist er Schmied, mal Tischler, vor allem aber ist er Tauschhändler. Er handelt mit den Ochsen und Hammeln, die er sich bei der Privatisierung ausgesucht und zurückbehalten hat. Dabei denkt er sich etwas Neues aus: Er tauscht Gewicht gegen Gewicht, das heißt, ein ausgewachsenes, männliches Tier gegen eine Anzahl von weiblichen Jungtieren, die gemeinsam so viel Gewicht bringen, wie das eine Stück. Da die Tiere, die er verkauft, vorher prallvoll gemästet werden, und ihre Gegenstücke, die auf die Waage kommen, in der Regel abgemagerte Wesen sind, daß es sich nicht lohnt, sie zu schlachten, ist es für ihn immer ein vorteilhaftes Geschäft. Altanbat weiß, daß es neben der Stückzahl auch auf das Geschlecht ankommt. Aus einem Ochsen kann bestenfalls der schönste Ochse werden, Zeit seines Lebens aber bleibt er ein Stück, während selbst in der mickrigsten Kuh eine ganze Rinderherde stecken kann. Vorteilhaft für ihn ist hierbei, daß die meisten Menschen nicht imstande sind, diese einfache Logik zu durchschauen. Sie sind dumm und gefräßig, geben vier, fünf Vorjahreslämmer gegen einen mit Abfallgetreide vollgepumpten Hammel und freuen sich noch darüber. Wenige Monate später aber werden aus den wackligen, federleichten Lämmern runde, schwere Schafe, und im Frühjahr verdoppelt sich die Stückzahl. Schnell kommt Geld zusammen, aber immer noch ein wenig zu langsam.

Da gehen Gerüchte über eine Karawane durch das Land. Die Rede ist von fünf Geschenk-Kamelen an eine jede Familie, die daran teilnimmt und von weiteren Geschenken. Manche sagen: »Fünf Kamele verschenken? Nicht einmal fünf Ziegen verschenkt man so leicht, da ist etwas faul!« Andere lachen: »Eine Kamelkarawane im Zeitalter der Autos und Flugzeuge, das sind Märchen!« Altanbat sagt nichts, er überlegt: Eine Karawane, warum nicht? Geschenke, auch! Aber Gründe müssen dafür vorliegen. Vielleicht will man einen Hügel Geld aussäen, um einen Berg Geld zu ernten? Wichtig jedoch ist, was dabei herausspringt, fünf Kamele sind ein Vermögen!

Daraufhin macht er sich auf den Weg, verfolgt die Gerüchte auf all ihren Stationen zurück und landet dort, wo sie ihren Anfang genommen haben. Da sitzt ein rettungslos verträumter Mann, den die doppelbödigen Fragen des Ankömmlings nicht von seinem Vorhaben abbringen können. Statt dessen wird dieser, der Mann mit dem Doppelgesicht, von jenem ein wenig angesteckt, und als er davon erfährt, daß die Karawane gefilmt werden soll, da geht in ihm eine Rechnung auf: Nie wieder wird man so jung sein wie im Augenblick, und daher darf man diese Gelegenheit nicht auslassen. Er sagt die Teilnahme an der Karawane fest zu.

Das ist vor Monaten gewesen. Inzwischen hat sich manches ereignet, und der Verlauf der Dinge liegt längst fest. Altanbat hat sich beruhigt und schaut zuversichtlich auf die Welt. Die Rinder und Schafe wird er verkaufen und für das Geld einen Lastwagen mit Anhänger und Pferde kaufen. Ja, Pferde, so viele wie möglich. Denn Pferde und Kamele sind zu Hause teurer als hier, während andere Tierarten billiger sind. Günstiger kann es nicht sein. Staaten stranden, Zeiten versanden, er aber, der Sohn des Semeschdej und der Erene, findet immer einen Ausweg.

# Die Geschichte eines Habenichts

Badar lächelt selbst im Schlaf. Das behauptet zumindest seine Frau Mystad, und wenn sie es sagt, muß es wohl stimmen. Er lächelt, wenn er die helle Spalte über dem Dachreifen sieht, da er weiß, daß der neue Tag heraufkommt. Wie ein Kind, das sich dem Platz nähert, wo die Spielsteine an dem einen oder anderen Rand gelöscht, im ganzen aber wohlgeordnet liegen, denkt er und muß wieder lächeln. Der neue Tag muß Hindernisse auf seinem Weg beseitigen und den unterbrochenen Lauf des Vortages fortsetzen.

»Was lächelst du schon wieder?« hat ihn Mystad einmal gefragt, und seine treuherzige Antwort darauf lautete: »Hunger habe ich!« Sie hat ihn nicht verstanden, was er ihr vom Gesicht ablesen konnte. So mußte er es ihr erklären: »Wenn ich nur Hunger habe, so wirst du etwas kochen, und der Hunger wird verschwinden. Wie anders aber wäre es mit einer Krankheit, die mich quält. Selbst wenn sie mich im Augenblick nicht so heftig peinigte wie der Hunger, so ist es doch Grund genug, darüber froh zu sein, daß ich nicht krank, sondern nur hungrig bin.« Das ist vor einigen Jahren gewesen, und sie lebten noch nicht lange in einer Jurte. Damals war er ihr merkwürdig vorgekommen, und oft mußte sie über ihn den Kopf schütteln, mehr aus Unverständnis, denn aus Ärger, weil sie sehr wohl sah, daß er ein verspielter, lieber Kerl war.

»Schenk mir sechzehn Kinder«, sagte er einmal zu ihr, »acht Söhne und acht Töchter!« »Pa-ah-aj!« rief sie da aus. »Ich bin doch kein Legehuhn!« Das sagte sie, obwohl sie noch nie ein lebendes Huhn oder eine Abbildung davon gesehen hatte, aber gehört hatte sie von einem solchen Tier. So viele Kinder zu gebären, kam ihr irgendwie schändlich vor. Dennoch gebar sie ihm tatsächlich sechzehn Kinder, zehn Jungen und sechs Töchter, von denen allerdings fünf bei der Geburt starben, während von den Jungen nur einer das Babyalter nicht überlebte.

Der starke Kindersegen hinterließ bei dem einst schlanken und lebhaften Mädchen seine Spuren, und mit jeder Geburt wurde ihr Körper unförmiger. Sie stumpfte ab, und aus Mystad wurde eine beleibte und durch und durch gutmütige Person. Alles, was ihr im Leben begegnete, nahm sie geduldig hin, und wenn sie manchmal an ihre gestorbenen Kinder denken mußte, so überwog die Sorge und Freude über die Lebenden, und sie war getröstet. Ähnlich erging es Badar.

Mit der Zeit hatte sie sich an ihm rettungslos angesteckt, und oft kam es ihr vor, er und sie seien eine Person, die lediglich in zwei Körper und Geschlechter geteilt seien. Ein wenig ungleich geraten vom Umfang her, meinte sie, dabei ihren eigenen fülligen, kurzen und seinen dürren, langen Körper betrachtend. Aber auch das störte sie nicht, im Gegenteil, sie lächelte jedesmal zufrieden, wenn sie von seiten der Mitmenschen eine Anspielung darauf hörte. »Der Himmel hat den dünnsten

Mann mit dem dicksten Weib zusammengeführt, damit wenigstens die Summe stimmt«, stichelten Scherzlustige. Für Mystad waren Bemerkungen solcher Art nur weiterer Anlaß, zu dem Menschen zu stehen, der ihr immer mehr wie eines ihrer Kinder, hin und wieder aber auch wie ein lieber, hilfsbedürftiger Vater vorkam. Wie auch immer, dachte sie, wir gehören zusammen. Dabei empfand sie eine wärmende, beruhigende Liebe in sich.

Badar gähnt ausgiebig und muß wieder lächeln über den Laut, der ihm gerade entfahren ist. An einen alten Rüden denkt er, der sich reckt und gähnt, was von einem langgezogenen, hellen Au-u-uh begleitet wird. Dann sagt er: »Stehen wir auf, Frau!« Das sagt er ihr flüsternd ins Ohr und wartet geduldig. Da aber die wohlbekannte Antwort ausbleibt, wiederholt er das soeben Gesagte, nun lauter, und schubst sie dabei mit dem Ellbogen.

»U-jo«, wimmert sie. »Was ist in dich hineingefahren, Mann, daß du mit deinen harten Knochen mir die Rippen ...« Sie bringt den Satz nicht zu Ende und stellt sich schläfrig.

»Ich weiß doch, du hast mir zugehört, warum antwortest du nicht?« flüstert er zärtlich und schmiegt sich an ihren weichen, heißen Körper.

»Woher willst du wissen, daß ich dir zuhöre, wo mir der Schlaf noch schwer auf den Augen liegt?« entgegnet sie. Er aber hört in den Worten nur die Bestätigung seiner Vermutung und lächelt.

»Was ist denn, Mann?«

»Du weißt es doch!«

»Vielleicht weiß ich es diesmal wirklich nicht. Sag's mir, bitte!«

»Es ist nicht wahr, was du vom Schlaf redest. Erstens kann dir der Schlaf zu einer Stunde, zu der du schon aufstehen mußt, nicht mehr auf den Augen liegen und zweitens kann kein Mensch so lange schlafen, wo wir doch gestern wieder mit der Dämmerung ins Bett gekommen sind. Nun blaut es schon, also stehen wir doch auf und schauen wir nach unseren Kamelen!«

»Ach, du bist wahrlich eine Menschenseide!« erwidert sie mit einem leichten Lächeln.

»Weshalb nun dieses Lob?«

»Dort, wo andere Männer zu ihren Frauen sagen würden, steh auf, sagst du, wir stehen auf ...«

»Ei, wie schlau du bist! Ich meinte natürlich, daß du zuerst aufstehst und Feuer machst, dann werde ich dir folgen.«

»Ach, das hört sich schon anders an. Vierzig Jahre lang habe ich dir Morgen für Morgen die Jurte vorgewärmt, damit du aufstehen konntest.«

»Das stimmt nicht ganz. Sechzehnmal war ich es, der jedesmal drei Morgen hintereinander aufstehen, Asche austragen, Feuer machen, Tee kochen und ihn dir bringen mußte.«

»Schon gut, aber ich war viel öfter dran, und vielleicht kannst du ein einziges Mal noch einmal vor mir aufstehen?«

»Das könnte ich tun, vielleicht sogar gern, was aber würden die Nachbarn sagen, wenn sie sehen, daß ich die Asche wegschaffe und Dung hole, wo du doch weder niedergekommen oder gar tot bist! Sie werden schlecht über dich reden!«

»Da magst du recht haben, Mann! Laß mich trotzdem noch ein kleines Weilchen liegen, es ist so schön, im warmen Bett zu liegen und zu dösen.«

»Ja, aber mir wird die Blase platzen, wenn ich noch länger liegen bleibe.«

»Mir eigentlich auch. Könntest du nicht für mich mit hinausgehen und Wasser ablassen?«

»Interessant, Frau, wie gleich wir zwei doch denken. Gerade wollte ich dich um genau dasselbe bitten und auch darum, daß du für mich nach den Kamelen schaust und nachzählst, ob noch alle da sind.«

»Du weißt doch, daß ich im Zählen nicht so gut bin wie du.«

»Aber bis fünfzehn wirst du wohl schon zählen können.«

»Fünfzehn? Da fällt mir ein, was werden die Leute sagen, wenn sie sehen, daß wir mit so vielen Kamelen ankommen?«

»Das habe ich mich auch gefragt. So viele Kamele hat noch keiner besessen, selbst unser Großvater, der mächtigste Baj, nicht!«

»Hätten Sogoo und Sagaan auch eigene Jurten gehabt, dann wären es noch mehr gewesen. Fünfzehn und fünf sind zwanzig, und noch weitere fünf sind fünfundzwanzig. Stell dir vor, fünfundzwanzig Kamele gehen mit uns, wenn wir umziehen!«

»Du hast ja die Hälfte der Kinder weggelassen. Wenn du schon einmal beim Rechnen bist, darfst du nicht so kleinlich sein. Elf Jurten werden demnächst zu unserem Ail gehören. Elfmal fünf, das sind fünfundfünfzig Kamele! Was sagst du nun?«

»Ob Dshuruk-Uwaa uns in diesem Fall auch so viele gegeben hätte?«

»Warum nicht, er hat doch viel mehr weggegeben, und die meisten davon an wildfremde Leute! Wenn du überlegst, wieviel allein die Sippe von dem Querkopf Tas bekommen hat, der jeden Tag eine Mundvoll Gift auf den Bruder streut, da will mir das Lachen vergehen!«

»Das ist wahr, Dshuruk tut einem leid. Aber er wird schon wissen, weshalb er mit seinem Geld so leichtsinnig verfährt.«

»Ja, das viele Geld, woher er es nur hat?«

»Er hat studiert und hat die Bildung.«

»Unsinn! Viele haben studiert, haben Bildung, schau doch auf deine Schwester Utnaj und ihren Mann. Aber was haben sie davon, nichts! Nein, Reichtum läßt sich nicht fangen, er kommt selber zu einem, und zwar nur zu dem, dem es vorbestimmt ist, ein Baj zu sein!«

»Und unser Dshuruk, der vom Himmel dazu Auserwählte, darf selbst mich, seinen älteren Bruder, und dich, seine Schwägerin, die der Sippe eine ganze Herde und Horde von Kindern geboren hat, zurechtweisen.«

»Du meinst, er wird mit uns wieder schimpfen, wenn er kommt?«

»Wer weiß, auf jeden Fall wird er danach schauen, ob die Kamele und Pferde vollzählig sind.«

»Uj, du, der Sogtugerel hat wieder sein Pferd mit Sattel und Zaumzeug verspielt!«

»Wann?«

»Gestern!«

»Wer sagt das?«

»Die Schwiegertochter, aber ich wollte nicht, daß du es vor dem Nachtschlaf erfährst.«

»Du sagst, sein Pferd. Er hat doch schon seit langem kein eigenes mehr?«

»Ich meine, das Pferd, mit dem er ritt.«

»Und welches war das?«

»Der Fuchs.«

»Der Fuchs von Dshuruk?! Das geht zu weit!«

Er denkt nach und schweigt, und auch sie hat nichts mehr hinzuzufügen.

Einmal hatte sie geweint und geklagt, sie habe fünfzehn Menschen und einen Teufel geboren. Der Teufel Sogtugerel, der vier Pferde gegen ein Pfeifenmundstück aus Jaspis getauscht und in der Nacht darauf im Streit mit seiner Frau den wertvollen Stein zerschlagen hatte.

Der Vater, genauso hilflos wie die Mutter, war lange stumm dagesessen, dann aber hatte er gesagt: »Es ist nun einmal geschehen, Frau, nichts hilft mehr, und am wenigsten jammern. Hätten wir den Jungen nie gehabt oder wäre er wie seine sechs Geschwister auch gestorben, dann wäre es schlimmer gewesen. Also freuen wir uns doch darüber, daß es ihn gibt!« Da hatte sie ihm wie immer zugestimmt und wenig später gesagt: »Ja, du hast recht, Mann, es ist doch besser, wir haben den Jungen als die vier Pferde!«

Das ist vor Jahren gewesen. Aus Sogtugerel, dem mittleren der neun Söhne, ist inzwischen ein verrufener Säufer und Spieler geworden. Und er hat es im Laufe der Jahre fertiggebracht, nicht nur seinen ihm zustehenden, eigenen Anteil, sondern auch das übriggebliebene geringe Eigentum der Eltern und seiner Geschwister nach und nach gänzlich zu vertrinken und zu verspielen.

Den letzten Ochsen haben sie im vergangenen Winter geschlachtet. Das war für Badar ein Anlaß zur Freude: »Der Kerl hätte auch diesen Ochsen verkaufen oder verspielen können. Nun haben wir ihn in Sicherheit, ein Berg von Fleisch und Fett liegt vor uns und wird uns alle über den Winter und das Frühjahr bringen!« hatte er zu seinen beiden Söhnen gesagt, die als letzte der vielen Geschwister mit den Eltern zusammen in einer Jurte lebten und ihm nun beim Schlachten halfen.

Tatsächlich reichte das Fleisch über den Winter und in das Frühjahr hinein. Dann aber ging es zur Neige, und Mystad fragte ihn, was sie jetzt essen sollten. Das wußte er selber nicht und antwortete deshalb mit der Redewendung, daß Mensch und Hund des Hungers nicht stürben.

Ja, die Redewendungen, die aus den alten Zeiten, die neuerdings auch als die guten gelten. Badar verfügt über ein echt nomadisches, das heißt, unverwischbares Gedächtnis. So manches, was er in den letzten Jahren dem Radio abgelauscht hat, steht unverdaut in seinem Kopf und widersetzt sich der althergebrachten Redensart, die für ihn Gesetzesgültigkeit hat. Das Radio hat unendlich viele Male von Hungernden und hin und wieder auch von Verhungerten berichtet.

Nun weiß er, daß nicht die Frau, sondern durch diese das Leben ihm die Frage gestellt hat und er nicht imstande ist, darauf zu antworten. Doch versucht er, sich auf seine Art zu helfen, indem er sich einredet: Es ist zwar wahr, daß keiner in der Sippe weiß, wovon er sich in den nächsten Tagen und Monaten ernähren wird, ebenso wahr ist aber auch, daß ein jeder gesund ist und vor dem großen Augenblick des Aufbruchs wildentschlossen ist, mit der Karawane durch das große, mongolische Land zu ziehen, um in die eigene Ecke und somit ein wenig auch in die Geschichte zu gelangen. Wiegt dieses nicht viel mehr als das andere, da sich Nahrung für die Seele schwerer finden läßt als die für den Magen?

Kommt Zeit, kommt Rat, heißt es auch bei den Nomaden.

Der Rat, der nicht lange auf sich warten läßt, heißt im Falle der in Not geratenen Sippe Paawaj. Der kommt auf einem Schimmel geritten und macht ein Angebot: Man könne bei ihm Schlachtvieh haben und es ihm später ersetzen. Badar beißt sofort an, nennt Paawaj, der Schwierigkeiten mit dem Absatz seines Viehs hat, einen vom Himmel gesandten und fragt, womit er ihm den Ochsen denn ersetzen muß.

»Einen vierjährigen Ochsen könnte ich Ihnen, aber nur Ihnen, da wir viele Jahre in der Fremde gemeinsam verbracht haben, gegen ein dreijähriges Kamel überlassen«, spricht jener seelenruhig.

»Von Kamelen reden wir nicht«, wehrt sich dieser.

»Wovon dürfen wir dann reden?«

»Von Murmeltierfellen zum Beispiel. Meine Söhne sind gute Jäger, und man hört doch, daß heutzutage Murmeltiere sehr viel einbringen. Dort ist es nicht wie hier, der Altai ist reich, wie du selber weißt.«

»Müssen wir von Murmeltieren reden, die noch nicht gejagt sind, während die Kamele griffbereit vor uns stehen?« erwidert Paawaj.

»Als wir hierher zogen, haben wir es nicht übers Herz gebracht, die beiden besten unserer Yakkühe zu verkaufen, und so haben wir sie samt ihren Kälbern bei meinem Bruder Gakaj gelassen. In den sieben Jahren unserer Abwesenheit müssen sie sich zu einer hübschen Herde vermehrt haben.«

»So? Von manchem hat man gehört, von Ihren zurückgelassenen Kühen aber noch nicht. Doch ich habe keinen Grund, Ihnen nicht zu glauben. Deshalb kann es auch eine Kuh mit Kalb sein!«

Am selben Tag wird der Ochse geschlachtet. Vorher aber muß der Vater seine Söhne unterrichten, die dem Gespräch zugehört haben: »Das mit den Yakkühen war natürlich eine Erfindung. Nicht ich habe es erfunden, die Not hat mich erfinderisch gemacht. Mit der Kuh und dem Kalb wird es trotzdem stimmen, da uns die Verwandtschaft sicher nicht mit leeren Händen entgegenkommen wird!«

Nun aber gilt es, diese ärgerliche Geschichte mit dem Pferd zu regeln. Badar sinnt lange nach, doch fällt ihm nichts ein. Mit Lügen kommt keiner durch, das weiß er, der Bruder wird alles und jeden durchschauen. Draußen ist es hellichter Tag geworden, und er spürt schweren Druck auf der Blase, ebenso eine brennende Verspannung im Nacken.

Mit dem rechten Arm stößt er gegen seine Frau, die sich wortlos auf den Ellbogen erhebt. Diese stumme Ergebenheit spricht für die Einsicht, daß nun keine Rettung mehr vor dem Aufstehen ist. Der Mann wartet ungeduldig, wartet leidend auf die Wärme des Dungfeuers. Es dauert seine Zeit, bis der Dung Feuer fängt und zuerst den kleinen, runden Blechofen, dann die verrußte Jurte anwärmt. Dabei schaut Badar lächelnd auf die vielen feuerroten Lichttrichter, die durch die Löcher an der Ostseite des Dachfilzes in die Jurte hereinfluten. Wie Flammen, denkt er, die den letzten Dämmer ereilen und sich in ihn hereinfressen. Er bleibt heiter und freut sich auch noch, als er sich endlich überwunden und erhoben hat.

In den Tag hinaustretend, stellt er fest, daß ein strahlender Himmel auf die sonnenüberflutete Erde herunterblinzelt und die Lüfte dazwischen spiegelklar bis an alle Horizonte und windstill in allen ihren Schichten stehen. Wasser lassend, schaut er auf die Kamele, die er am Vorabend in den ehemaligen Rinderstall eingesperrt hat.

Wieder haben sie sich in die linke Ecke unter dem verfallenen Dach gedrängt und hingelegt. Ihre Blicke sind immer noch nach dem Süden gerichtet, obwohl sie nun schon einen ganzen Monat hier sind.

Ich bin viel länger hier, denkt er, in vier Tagen sind es sechs Jahre und acht Monate. Trotzdem sind meine Sinne immer noch nach dem Westen geöffnet, und er empfindet ein brennendes Mitgefühl für die Eingesperrten.

Auch ich lebte eingesperrt, denkt er weiter, war ein Gefangener des Lebens, aber ich war selber schuld daran, weil ich mich von den Menschen wegscheuchen und wegführen ließ an einem Strick aus süßen Worten. Nun werdet ihr, liebe, edle Wesen, die Sperre wegschieben und mich und die meinen einem Gefängnis entführen, in dem wir, wäret ihr nicht gekommen, bis zu unserem Ende geblieben wären. Ihr werdet euch, vierbeinige und zweihöckrige Brüder und Schwestern, uns in die Freiheit verhelfend, noch fester in das Netz verstricken, in das ihr gegen euren Willen getrieben worden seid und dem zu entkommen euch nimmer gelingen wird. Das ist gemein, ich weiß! Aber ich möchte euch damit trösten, daß ihr zum Schluß als Entschädigung für all das Erlittene eine Heimat erkämpfen werdet, wie sie noch keinem eurer Vorfahren vergönnt war. Mögen eure Wunden schnell vernarben, und möge die neue Haut, die darunter wächst, undurchlässig für alte Schmerzen sein.

Dann zählt er die Kamele. »Fünfzehn. Vollzählig!« spricht er laut in den Morgen hinaus und läßt den Blick über das Flußtal gleiten, über dem schwache Rauchschwaden stehen. Sie fesseln seinen Blick, zittern vor den herannahenden Luftströmungen, werden schließlich von ihnen erfaßt und verwandeln sich in lichte Silhouetten, gleich dem Ende einer dahinschwindenden Karawane.

Auf dem Rückweg sieht er Mystad, die vor der Jurte steht und Tee mit einem Eßlöffel aus Aluminium verspritzt. Er nähert sich ihr langsam und wartet, bis sie fertig ist. Dann sagt er: »Ich sehe, wieder hast du den Opferlöffel nicht gefunden. Weshalb, denkst du, haben wir ihn? Weshalb hat man ihn aus einer Wacholderwurzel und dazu noch mit dreizehn Augen geschnitzt?« Seine Stimme klingt weich und gütig.

»Du hast recht, Mann«, sagt sie schuldbewußt, »wieder war ich zu faul, richtig nachzuschauen, wo diesmal der Opferlöffel steckt.«

Sie wartet, läßt ihm den Vortritt. Er aber hat noch etwas mitzuteilen: »Wenn Bruder Dshuruk kommt, werde ich ihm entgegeneilen und von den Kamelen berichten, die vollzählig und wohlauf sind, und sagen, daß dies das Wichtigste für die Karawane ist, die, nach dem zu urteilen, wie alle Anzeichen stehen, zum vorgesehenen Tag davongehen und auch ankommen wird. Darauf werde ich ihm von dem Schimmel erzählen, daß er ein wunderbares, viel besseres Pferd ist als der Fuchs, bei dem wir leider einige Makel festgestellt haben und ihn daher weggeben mußten, gegen einen sehr guten Preis übrigens!« Dieselbe weiche gütige Stimme, ein unschuldiger, kindlichheller Blick dazu.

Sie stimmt ihm sogleich zu: »Ja, so sagen wir es, das heißt, du sagst es so, und der Bruder wird ohnehin schwer beladen dastehen, daß er für solche Kleinigkeiten wahrscheinlich nur das halbe Ohr haben wird!«

Während sie dies sagt, erwacht auf ihrem Gesicht die Schläue, die ihr angeboren sein muß, die darauf aber wieder erlischt und in Einfalt untergeht.

# Tagebuchnotizen

*3. Mai 1995*

Zwillinge schließe ich am Vormittag in meine Arme: *Er Char Sur*, mein erster Gedichtband, in Mongolisch, und am Nachmittag die *Tuwinische Geschichte*, in einer Neuausgabe, mit vier zusätzlichen Erzählungen, in Deutsch, diesmal mit dem Markenzeichen A1. Jedes der Kinder sieht wie das Land aus, wo es geboren: der Gedichtband mit einem hauchdünnen, piepschleimigen Einband und einer flatternden Schrift in leisen, losen Zeilen, und der Erzählband, glatt und fest, wie aus einem Stück Edelholz herausgeschnitten. Doch geistig sind es eineiige Zwillinge, das weiß ich als Vater. Vier Jahre bin ich wohl gewesen, als ich in der zündenden Nähe der großen Schamanin meine ersten Verse erfinden lernte; mit acht, neun sah ich meine Worte in Buchstaben eingezeichnet, ich nannte sie mir Gedichte, und mit achtzehn war ich ein anerkannter Dichter in meiner Welt, die aus einer Bezirksstadt bestand. Dennoch mußte ich erst zweiundfünfzig Jahre alt werden, um meinen ersten Gedichtband in der Hand halten zu dürfen. So ist er mir ein verspätetes Kind.

Film- und Fototeam angekommen, vier Männer und zwei Frauen. Sechsmal schließe ich mich auf und wünsche jedes Mal, daß mein Herz dem eines Bruders oder einer Schwester entgegenpocht. Während ich in ihrer Umkreisung stehe und mich in den freudestrahlenden Gesichtern sonne, denke ich an die Plejaden, die am Himmel meines Volkes aufgehen und die erblindende Finsternis ringsum durchleuchten mögen.

Möchte ein guter Gastgeber sein: Biete alles auf, was ich an Verkehrsmitteln besitze, erscheine mit zwei Söhnen, ein jeder im eigenen Auto, fahre selber vorneweg, als stolzer Vater, fahre die Protokollstrecke, jede Schranke geht auf, sobald ich mit meiner Kolonne in Sichtweite erscheine. Die Gäste genießen die Schönheit der soeben betretenen Mongolei, gekoppelt nun mit der Ehre, die ihnen entgegengehalten wird, bis sie schließlich dort ankommen, wo früher Breschnews, Honeckers, Schiwkows und deren engste Vertraute abstiegen, und neuerdings Clintons, Kohls, Chiracs mit engsten Vertrauten absteigen: im höchsten, nicht aber teuersten Gästehaus der Mongolei. Die Antwort auf die Frage, wie meine Lage als Vertreter einer aussterbenden, kleinen Minderheit mit dieser Wohnmöglichkeit meiner Gäste zu vereinbaren sei, überlasse ich einem jeden selbst.

Der Arbeitstag, begonnen in der Vornacht, endet erst in der nächsten. Ausgelaugt, aber sprachlos glücklich stehe ich da. Die Geschichte hat mich an sich herangelassen!

*7. Mai*

Vollbepackt und von vielen guten Wünschen begleitet, verlassen wir in der Kolonne, die sich nun schon gefestigt hat, die Hauptstadt und bewegen uns auf den Startort der Karawane zu. Ein neues Mitglied kommt hinzu: Zogi, Maler, Komiker und einer meiner zahlreichen Deutschschüler. Mit ihm wird die Mannschaft zehn-, die Autos hinzugezählt, wieder dreizehnköpfig, ein weiteres gutes Omen.

Die Frechheit, dem Schicksal, an das man so ehern geglaubt, einmal nicht zu gehorchen, hat in mein Leben so viele Erschütterungen gebracht. Eine davon war, daß ich, der Zweifler an der Zivilisation, mich vor die Notwendigkeit gestellt sah, Auto fahren zu lernen. Und als ich nach einer Fahrschule, die mich Geld, Nerven und Zeit gekostet, den Führerschein in der Hand hielt, war ich längst fünfzig Jahre alt und wurde von vier Fünftel der 2,2 Millionen Landsleute gesiezt. Nun fahre ich an der Spitze der Kolonne einen russischen Armeejeep, und in ihm sitzen teuerste Gäste. Ein Verantwortungsgefühl lastet schwer auf mir, so wie die teuren Gepäckstücke auf der Maschine lasten, die mehr Panzer als Auto ist.

Ich fahre schülerhaft brav und fühle in mir große Dankbarkeit gegenüber den Söhnen, die mich als schwaches Glied längst in ihre Mitte genommen, den Gästen, die mir Glauben geschenkt, die ferne, kostspielige Reise auf sich genommen und mir in diesem Augenblick ihr Leben anvertraut haben, den Straßen und Wegen, die zwar mit vielen Unebenheiten versehen, wie wir alle wohl auch, mich aber geduldig ertragen und gutmütig vorbeilassen. Nach zehn Stunden Fahrt liegen die vierhundertvierzig Kilometer hinter uns. Obwohl seit langem an diesem Tag erwartet, wirft unser Auftauchen das Leben in der Senke eines Flußtales aus seinem Geleise. Die Hirtenleute stehen bis zur Hilflosigkeit aufgeregt vor uns. Daß ein vor Monaten gesagtes Wort so genau zutreffen kann, muß sie erschreckt haben. Einige gestehen, daß sie an mein Wort betreffs der genauen Terminplanung nicht geglaubt haben. »Denkt ihr etwa«, sage ich, um die in mir aufkommende Sorge zu unterdrücken, »planen tut nur der Sozialismus? Nein, der ist deshalb untergegangen, weil er nur plante, aber nicht ausführte. Andere tun beides!« Wenig später füge ich noch hinzu: »Damit es keinen Freiraum für Illusionen gibt, alles wird an den festgelegten Tagen geschehen!«

Robert Pütz vom Fernsehteam wird am heutigen Tag einunddreißig, die genaue Hälfte an Jahren von dem, was Zogi, das große Kind, auf seinem Buckel hat. Der Geburtstag wird dreimal, am Morgen im Gästehaus, am Tage in der Steppe und gegen Mitternacht in einer Hirtenjurte gefeiert. Nach der letzten Eß- und Trinkrunde gehe ich mit dem Geburtstagskind eine Weile hinaus. Die Nacht unter dem siedenden Sternenmeer kommt selbst mir, der ich in diesem Leben zu Hause bin, fast unwirklich schön vor. Und das Kind aus der engen europäischen Stadtwelt müßte die prickelnde Schwerelosigkeit, die einen in diesem Erdenwinkel umgibt und hin und wieder bis zu einer Schmerzhaftigkeit anfällt, noch deutlicher gespürt haben. Ich wünschte, seine Haut möge jene Nervenäste umschließen, die auf wirkliche Größe zielen, wachsen und Aufgenommenes verlustarm durch die Jahre tragen. Ob der Geist, der den großen und schweren Körper bewohnt, die Schärfe hat, hinter die Wirrnisse der Stunde einzudringen und zu erkennen, daß das Leben ihm ein großes Geschenk gemacht hat?

*8. Mai*

Ein wenig Schlampigkeit und Begriffsstutzigkeit gehört schon zum Mongolentum, das sich am sichtbarsten im Nomadentum ausdrückt. Was ich aber da vorfinde, ist weit mehr als nur das, es ist ein namenloses Verbrechen, eine schwelende Katastrophe. Die halbseßhafte Lebensweise hat den einstigen Wandernomaden schwer entstellt und in eine Schlamm-Masse getrieben, die Gewohnheit heißt. Nun sitzt er darin fest und braucht eine helfende Hand, die ihn dort herauszerrt, und die Peitsche wird diese Hand sein. Die chronische Trägheit hat zugenommen, begünstigt durch die Abschiedsfeste, die kein Ende nehmen wollen. Noch nie sind die Menschen so alkoholvergiftet gewesen wie jetzt. Viele sind zu Invaliden, zu sauf- und freßgierigen Affen geworden.

Will ich diese Karawane retten, so muß ich der Stammesfürst sein, mit der Härte und der Geradlinigkeit aus Zeiten von Herren und Knechten. Ich muß dort, wo Güte und Vertrauen nicht mehr gesehen werden wollen, Brutalität zeigen und vorgehen wie ein Hundertschaftsoffizier. Muß einen jeden Erstarrten und Entstellten brechen und kneten und ihn spüren lassen, daß in mir nicht nur der verträumte Dummkopf, sondern auch der grausame Despot steckt.

Die Millionen, die ich bereits ausgegeben habe und weiterhin auszugeben gedenke, sind die Karten, mit denen ich spielen werde, und die Kamele sind der Trumpf dabei. Ich merke, es sind zur Ängstlichkeit erzogene, diktaturgewöhnte, entscheidungs- und willensschwache Menschen. Sie geben schnell nach und fangen sogleich an zu arbeiten.

»Bei Paawaj und Tas mußt du aufpassen, Brüderchen!« flüstert mir Argan zu, die ich soeben zur Eile getrieben. Den ersteren kenne ich in- und auswendig. Der Stiefsohn des Schulwächters Sodbu aus dem Stamm Chara Sojan hat seine Kindheit in bitterer Armut verbringen müssen, später aber die hübsche, fleißige Tochter eines Reichen heiraten dürfen. Nun ist er der Zweitvermögendste unter allen Karawanenteilnehmern. Ebenso ist mir bekannt, daß er wegen seines Geizes und seiner Zanksucht verrufen ist. Er hat von meinem energischen Auftritt bei anderen gehört und sich daher wohl eine Taktik ausgedacht. Er empfängt mich aggressiv, nennt die Karawane ein Märchen. Ich weiche ihm nicht, baue mich breit vor ihm auf, lasse die schwere, silberne Scheide mit dem ellenlangen Dolch an der Seite baumeln, nenne ihn in einem Atemzug einen Bettler, einen Lügner, einen Birid und mustere ihn von oben bis unten. Zwar ruht sein Kopf um einige Fingerbreit höher als der meine, aber das Gesicht ist aufgedunsen, der Hals ist dünn und die Schultern hängen herab. Schnell würde ich ihn zu Boden schicken, sollte er sich die Frechheit erlauben, mich anzufassen. Darauf rufe ich zu meinem Neffen hinüber, der mich begleitet: »Hej, Sagaan! Steig aus und treibe die fünf Kamele da drüben zusammen, wir nehmen sie mit!«

»Nei-en!« schreit Paawaj, hastet auf den Jungen zu, der im Begriff ist, das zu tun, was ich ihn geheißen.

»Die gebe ich nicht weg, die können nur über meine Leiche zu dir zurückgehen!«

Ein willkommenes Geständnis für mich. Also bedeuten ihm meine Kamele so viel, daß er, ob er es in diesem Augenblick zugeben will oder nicht, ab nun versuchen muß, die Bedingung zu erfüllen, die ich ihm stelle, wenn er sie behalten will. Ich rufe ihm zu, ich werde bis mittag warten, und fahre weg. Wenig später wird mir berichtet, daß um seine Jurte herum eine große Arbeit im Gange sei.

Tas sehe ich zum ersten Mal im Leben. Er gehört zum Stamm Ak Sojan und ist mit dreiundsiebzig Jahren der älteste Teilnehmer der Karawane. Er sagt, er brauche mindestens noch zehn Tage bis zum Aufbruch. »Ist es wahr?« sage ich und warte ab.

»So wahr, wie ich Tas heiße!« schlägt er zu. Ich schlage zurück: »Sie müssen nicht mitkommen. Ich brauche Sie nicht, die Kamele aber schon, so nehme ich sie Ihnen ab – und das ist so wahr, wie mein Vater Schynykbaj und mein Großvater Chylbangbaj heißen!« Der Alte verschluckt sich, hustet und spuckt dann Gift und Galle auf Himmel und Erde und fragt mich, ob das, was ich soeben gesagt habe, eine Erpressung sei und fügt dem im gleichen Atemzug hinzu: »Leben wir denn immer noch im Feudalismus, daß du mit einem alten Menschen so gemein verfährst, ha?«

Ich sage: »Viel schlimmer, Opa, im Kapitalismus, vor dem man Sie siebzig Jahre lang gewarnt hat!«

Dem Mann bleibt die Stimme weg, sein fragender Blick ist auf mich gerichtet. Schnell erwidere ich: »Ja, mit dem Sozialismus, der einen jeden gewaltsam füttern wollte, ist es längst vorbei. Und wenn Sie nicht das machen, was ich will, dann nehme ich Ihnen die Kamele weg, ganz einfach, weil sie mir gehören!«

Der Mann schweigt und stöhnt. Der Widerstand ist gebrochen.

### *9. Mai*

Der erste der insgesamt sechs Laster ist gekommen, darf beladen werden. Dies verleiht der Sache einen weiteren Glanz, der aber auch trügerisch ist. Ein jeder will so früh und so viel wie nur möglich aufladen. Dies, obwohl man sieht, daß die Ladefläche begrenzt ist. Keiner will so großzügig sein, auf irgend etwas aus dem Unrat zu verzichten, der sich im Laufe der Jahre um Haus und Hof angesammelt hat. Alles, selbst rostige Teilstücke irgendwelcher Landmaschinen, schleppt man zu zweit, zu dritt herbei und wälzt sie auf das Auto. Ich frage diejenigen, die sich daran kaputtschinden, wozu der Schrott sei. Als Jurtenbeschwerer bei Sturmwinden, lautet die Antwort.

Als ob der Altai keine Steine und Felsen hätte! Die Gier, die in einem von der modernen Zivilisation angesteckten Nomaden wütet, ist nicht geringer als die eines verdorbenen Städters. Man will die Gelegenheit ausnützen und aufpacken, der Transport kostet ja nichts! Der Millionär wird es bezahlen, der fette Hammel, der geschlachtet und anschließend ausgenommen werden kann!

Ich bin der stille Beobachter, schaue dem schäbigen, kleinlichen Kampf, der am Auto tobt, zu und überlege, was ich richtig und was falsch gemacht habe. Richtig auf alle Fälle ist es gewesen, daß mich der Teufel der Frechheit ritt und ich mir erlaubte, an einem Berg zu rütteln, der unbeweglich stand, aber Bewegung brauchte. Damit wurden, noch bevor einer wußte, ob sich jener bewegte oder nicht, Fesseln gesprengt, die dem menschlichen Wesen auferlegt waren. Falsch ist es dabei gewesen, daß ich an die menschliche Vernunft dachte, indem ich glaubte, sie anfassen zu können wie meinen Ohrlappen oder den Stein, den ich zu einem Owoo trage.

Ich bin einer Illusion nachgelaufen: Die gutmütigen, selbstlosen Mitglieder einer Urgesellschaft inmitten des postkommunistischen Vulgärkapitalismus gibt es hier nicht mehr.

Ob diese der Trinksucht verfallenen, von den Segnungen der neuzeitlichen Kultur westlicher Prägung noch nicht erreichten, von ihrer teuflischen Macht jedoch längst angehauchten Menschen auf dem Fleck Erde, die dem Wesen nach noch die alte ist, die Heimat finden werden? Vielleicht trage ich mörderische Bazillen zu dem archaischen Körper?!

## *10. Mai*

Der lang erwartete und zugleich gefürchtete Tag ist da, endlich und unausweichlich: Die Karawane muß starten und tut es auch! Die Badar-Sippe, drei Jurten, fünfzehn Kamele und dreizehn Menschen gehen auf den Weg und brechen somit das Eis. Sie kosten und genießen die Schmerzen und Ehren der schweren Geburt vor allen anderen.

Das mongolische Fernsehen dreht. Symbolisch schreite ich, den Nasenstrick des Leitkamels in der Hand, den ersten Kilometer ab und beantworte die Fragen des Chefmoderators Jolka. Das Objektiv der Kamera vor dem Gesicht spüre ich die Nähe des beobachtenden Auges der mongolischen Heimat, erkenne den Wert des Augenblicks und weiß, daß ich spätestens hier und nun den Boden der Geschichte berühre, die ich meine. So werfe ich die Müdigkeit der letzten Tage und Nächte und die Aufregung der Stunde von mir ab und blicke kühn in das runde gläserne Auge wie ins Antlitz der Wahrheit. Und die Wahrheit ist auf alle Fälle einfacher strukturiert und schöner anzusehen, als man meistens denkt. Mein Leben ist ein einziges Märchen. Alles, was ich mir wünsche, geht in Erfüllung. Ich bin der arme Junge, der durch die weite Welt zieht, nach seinem Glück sucht und am Ende doch zum König wird. Während er so das Glück findet, stößt aber seinem Reich ein Unglück zu. Also muß sich der König behaupten, muß gegen Fährnisse und Schwernisse des Lebens kämpfen, bevor er sich auf seinen Thron setzen und das Glück genießen darf. Er muß, wie alle guten Könige, anderen Leiden und Schmerzen abnehmen und dafür von seinem eigenen Glück abgeben. Nur so wird der König eines Tages sein auseinandergetriebenes Volk sammeln und mit ihm heimkehren. Dieser Tag ist nun angebrochen.

Doch der Weg zu diesem schönen Abschluß ist noch voller Steine. Davon müssen wir uns erst einmal bis zum Übermaß überzeugen. Die Kamele sind scheu, sie werfen die Last wieder und wieder von sich ab, und wir müssen sie neu beladen. Auf diese Weise schaffen wir bis zum Abend nur ein halbes Örtöön. Ist deswegen mein Sieg, den ich davongetragen, indem ich den Berg in Bewegung gebracht und den Beweis davon in die Welt geschickt habe, nur ein halber?

In der Nacht fahre ich zurück und finde die Nachzügler in heilloser Aufregung vor, die Neid und Scham enthält. »Wie glücklich ist die Badar-Sippe, sie ist gefilmt worden! Während sie mit ihren Fußabdrücken den Anfang der Geschichte geschrieben haben, sind wir in ihrem Staub am verlassenen Lagerplatz sitzengeblieben!« Ich sehe, ich darf heute von einem doppelten Sieg reden!

## *11. Mai*

Ein blinder, klamm-kalter Morgen mit Nebel. Die Sonne kommt schwer durch, muß mit den Wolken Katz und Maus spielen, die Wolken siegen. Bekrönt und bedolcht stehe ich mit der unsichtbaren Peitsche in der Hand für alle sichtbar da und treibe sie mit meiner Gegenwart zur Eile an. Lähmung liegt in den Gliedern der alkoholgeschwächten Männer. Sie mühen sich mit Restteilen der Jurte ab, die eigentlich nicht so schwer sein dürften, da alles, was Gewicht hat, auf das Auto gekommen ist. Sie keuchen und husten, sinnlos, sie noch mit Worten anzutreiben.

Die Frauen sind besser, sie wissen wenigstens, wo was ist, und immer sind sie die ersten, die zupakken. So, wie sie neuerdings überall in mongolischen Landen mit den untauglichen Männern alles Schwere auf ihre zarten Schultern nehmen müssen, treten sie auch hier flinker und mutiger auf als die, die irgendwann das starke Geschlecht dargestellt haben sollen, die sich aber längst darauf beschränkt haben, ihre Ehefrauen zu schwängern, sie zu bevormunden, und dafür von ihnen noch bedient und gefüttert werden.

Ich bekomme zu hören, daß Inhaftierungen stattfänden. Zuerst will ich es nicht glauben, dann aber fallen die Namen der Verhafteten, und ich muß es nicht nur glauben, sondern auch sofort zur Bezirkspolizei fahren. Dort treffe ich einen Major, den ich erst gestern auf einem Abschiedsfest kennengelernt habe. Bis jetzt sind drei inhaftiert, höre ich, und bei allen handelt es sich um Veruntreuung von Staatseigentum. Wie eine solche Veruntreuung in etwa aussieht, erfahre ich sogleich, denn einer der Inhaftierten ist mein Neffe Chejisch, der drittälteste Sohn von Badar. Vor vielen Jahren ist ihm eine Anzahl Rinder gestohlen und später der Dieb auch gefaßt worden. Dieser, inzwischen zweimal freigelassen und seit einiger Zeit wegen eines erneuten Diebstahls zum dritten Mal im Gefängnis, hat den Schaden bis jetzt nicht ersetzt. Hätte der Hirte damals die ihm anvertraute Herde ordentlich gehütet, so wäre sie nicht gestohlen worden, ist die Ausgangslogik einer bankrotten Justiz. Ihre verbissene plumpe Endkonsequenz lautet deshalb, der Staat muß entschädigt werden, und dort, wo der abstrakte Staat mit im Spiel steckt, heiligt der Zweck jedes Mittel, und da ist kein Platz für Gerechtigkeit.

Das macht mich rasend. »Meinetwegen könnt ihr zu einer Massenverhaftung übergehen, da habt ihr ja Erfahrungen. Doch sage ich euch, die Karawane werde ich mit dem letzten Mann weiterführen, selbst dann, wenn auch dieser verhaftet ist, werde ich sie mit ihren verwitweten Frauen und den verwaisten Kindern fortsetzen!« schleudere ich dem Herrn Genossen Major ins Gesicht und verlasse den Raum.

*13. Mai*

Pischke heißt der Teufel. Er kann vieles, kann verfluchen, stehlen, körperlich Schwächere verprügeln und natürlich Schnaps trinken. Und die Gefahr, die von ihm ausgeht, heißt die Verleumdung. Dabei pflegt er wie alle Schurken mit der Justiz dicke Freundschaft und verfügt über volle Immunität. Dieser Teufel in Gestalt eines fetten, gelbhäutigen Endvierzigers hat den Davonziehenden noch in der letzten Woche zwei Pferde gestohlen, und gestern ist der Diebstahl herausgekommen. Aber der Dieb ist nicht etwa beschämt, nein, er ist erbost, betrinkt sich und geht auf alles, was tuwinisch ist, wie ein tollwütiges Vieh los. Er ereilt die Karawane unterwegs und überschüttet sie mit Verwünschungen. Die Davonziehenden versuchen ihn einzig durch Zureden zu besänftigen. Die Sitte fordert dies, denn bei einem Umzug ist jeder Streit untersagt. Der Angetrunkene weiß es, denn er ist Tuwiner. »Ich bin der Teufel, der euch selbst bis ans Ende der Erde verfolgen und zugrunde richten wird!« wütet er. Die drei Männer seien auf seine Anzeige hin inhaftiert worden, weitere würde er noch anzeigen, denn er wüßte von vielen Taten. Der Wahnsinn, der in dem Menschen wie vernichtende Flammen lodern muß, gipfelt in dem Satz: »Im Vergleich zu euch, ihr dummen, armen Tuwiner, trage ich Hosen aus Seide, reite tags einen Paßgänger und nachts eine Chalcha-Mongolin!«

Nach diesen Worten versetzt er dem vor Schweiß schäumenden, braungescheckten Pferd einen knallenden Peitschenhieb, daß es einen Sprung macht und in einen hinkenden Paßgang verfällt. Die Frauen sind besorgt über die unschönen Worte, die am Anfang der langen Reise gefallen sind, und so versuchen sie nun, ein mögliches Unglück abzuwenden, indem sie dem davoneilenden bösen Menschen Milch hinterherspritzen und laut rufen: »Deine Verwünschungen erwidern wir mit Segenssprüchen, dir und deiner Familie soll es gut ergehen, und tausend und zehntausend Jahre lang soll Friede herrschen über deiner Jurte, Sohn des Gelben Arypsyl!«

Der Peitschenhieb, den der Paßgänger bekommen hat, muß auch die Karawane getroffen haben, sie zieht bis zum Abend und legt fast vierzig Kilometer zurück. Der Fluß Orchon bleibt hinter uns. Zogi prägt einen guten Spruch: »Vor euch der Altai, hinter euch der Piska, nur vorwärts, liebe Leute!«

Drei der Deutschen beteiligen sich aktiv an dem Umzug. Jeder führt ein beladenes Kamel am Nasenstrick, zu Fuß wie die anderen auch. Das muß sein, da sich die Pferde erst an die Kamele gewöhnen müssen. Daß selbst ferne, fremde Gäste mit zupacken, ermuntert die Leute. Diese sind im Geiste des Internationalismus erzogen, auch daher sehen sie so etwas gern, es zündet sie leicht an.

Besuche. Neugierige, Journalisten. Das mongolische Fernsehen hat den Bericht ausgestrahlt. Das Satellitentelefon arbeitet. Dreimal Direktübertragungen mit dem deutschen Rundfunk. Luck macht sich bereits einen Namen: Steppen-Wolfgang, so überträgt ihn das Studio in Köln. Die Karawane wird zu einem Ereignis.

Wir kommen in Dsüünbürün an, dort haben vier weitere Sippen auf uns gewartet. Hier scheint eines der Epizentren des Alkoholismus zu sein, jenes Krieges, den die beiden Großmächte Rußland und China gegen die Nachkommen ihrer einstigen Bezwinger seit Jahrhunderten haben züchten und hüten müssen, den sie seit dem Einbruch der Anarchie im Mantel einer fremden Demokratie nun in vollem Maße führen können. Selbst die Jurten sind besoffen, habe ich das Gefühl. Oder ist die Lage vor dem allgemeinen Zusammenbruch selbst für leblose Körper ansteckend?

### *15. Mai*

Ich erleide die erste Niederlage. Das Pack, das im Suff liegt, kennt nur eine Sprache, aber diese ist im Augenblick verboten, da sie den Interessen des Weltkapitals widerspricht. Arme, ärmste Mongolei, der die Sieger des Kalten Krieges gegen niedrigste Vergütung die Nebenrolle zugedacht haben, die Puppenstube der Welt der Reichen und Armen zu sein! Guter Gumiljow, der den Mongolen als Nation noch fünfhundert Jahre zugebilligt hat, nein, so lange wird es niemals dauern!

»Erst wir, fünfzig Jahre später ihr!« habe ich einst zu einem bösen Menschen gesagt und habe dabei den nationalen Untergang im Sinn gehabt. Ein böser Geist muß aus mir gesprochen haben damals. Zwanzig Jahre sind inzwischen vergangen, dreißig bleiben noch.

Aldar ist überfallen worden und mit dem nackten Leben davongekommen, hat aus Angst, auf weitere Banden zu stoßen, die Nacht im Wald, unter einem Baum sitzend verbracht.

Die sechsundsiebzig Puppen zu Ulaanbaatar können so viele Gesetze fabrizieren, wie sie wollen, das erste Gesetz, das des Bürgers Leben und Eigentum wirklich schützt, wird erst erlassen werden, wenn der mongolische Präsident oder Ministerpräsident selbst Opfer einer Gewalttat geworden ist.

### *16. Mai*

Sollte ich in diesem Leben irgendwann einen Hund aufziehen, so werde ich ihn Montoo nennen und einzig mit Scheiße am Leben halten. Aber ob auch dann die Missetat gerächt sein wird, die der Sohn des Schuurup seinen und meinen toten Eltern gegenüber begangen hat? Dieser verletzt unseren Vertrag, der heilig sein muß, da wir ihn im Namen jener abgeschlossen haben. Er tut es wegen dreckiger Tugriks, die er mir nun abzwingt, indem er schändlichst sagt: »Was haben tote Gebeine dort zu sagen, wo die Interessen der Menschen zählen und ein jeder versuchen muß, auf seinen eigenen Vorteil zu kommen. Entweder du zahlst mir noch eine Million dazu, oder ich werde den Kram runterschmeißen und zurückfahren!«

»Montoo-aga!« bringe ich mit Mühe aus mir heraus. »Es muß wohl an dem schweren Auto liegen, das Sie so lange fahren mußten, ich habe doch Ihre Eltern gekannt, und diese waren gute Menschen.«

»Hör doch auf, dummes Zeug zu reden, die Zeiten sind hart, und ich muß sehen zu überleben, wie du auch. Gib doch zu, daß dieses Affenspiel etwas ist, an dem du Geld verdienen willst!« erwidert er kühl. Ich sehe in seinem Blick ein trübes Licht flackern und bekomme Angst. Darauf zahle ich die verlangte Summe aus, und die Last, die auf seinem Zwanzigtonner wie ein steiler Berg ruht, darf dort bleiben.

Viel wichtiger ist, daß der schwere, entscheidende Weiterzug doch geschieht. Er schließt die beiden Hauptgruppen unserer Karawane zusammen. Ein Abschiedsfest kommt zustande, und der geniale Säufer Dotaj spricht im Namen der Zurückbleibenden. »Sagt den Owoos im Hohen Altai, daß wir euch folgen und die auseinandergetriebenen Tuwiner wieder zusammenkommen werden.«

Ich bekomme ein Chadak nach dem anderen, koste wieder und wieder Milch aus verschiedenen Schalen und höre lobende, dankende, bittende Worte. Es ist der versöhnende, entschädigende Augenblick, der den ganzen Schmutz, durch den ich waten muß, fast vergessen macht.

Das Filmteam arbeitet erstmalig auf vollen Touren. Nebenbei höre ich bedeutsame Geschichten. Der jüngste Sohn des Langhals-Dshoksum erzählt: »Vor siebenundzwanzig Jahren, am 14. September, sind die ersten tuwinischen Familien genau an dieser Stelle angekommen, damals bin ich fünf Jahre alt gewesen.« Heute steht keine der beiden Jurten mehr, die damals von Einheimischen bestaunt und belächelt wurden. Dafür stehen ringsherum an die achtzig weitere Jurten, die ein jeder als tuwinische erkennt.

»Lebt weiter gut und wachset, beachtet die Sitten der anderen, vergeßt aber die eigenen nicht, kommt uns hinterher, wir werden auf euch warten.«

Endlich der Aufbruch. Die zurückbleibende Menge bewegt sich mit, begleitet die Karawane ein ganzes Stück, zu Fuß, zu Pferd. Dann wird sie dünner und dünner. Die Besoffenen sind hartnäckig, vergebens versucht man, sie zum Zurückbleiben zu überreden, Motorräder und Autos holen die Karawane ein, man will einen weiteren Abschied in der Steppe feiern, ich stelle mich energisch dagegen, schüttle die Besoffenen gewaltsam ab.

Fahre vorneweg, warte alle paar hundert Meter, bewege mich weiter, sobald die ersten an mich heranrücken und schleppe die Karawane auf diese Weise bis zum Sonnenuntergang. Das Ergebnis ist überwältigend: ganze sechzig Kilometer haben wir geschafft. Damit hole ich den Verlust des Vortages auf!

## *17. Mai*

Kalt ist die Nacht gewesen. Längst erwacht, liege und sinne ich über den gestrigen Tag. Das, was ich gemacht habe, ist gemein gewesen. Die Kamele blieben liegen, als man sie von der Last befreite. Die Menschen schwankten. So kann es nicht weitergehen. Es ist die Strafe für den Vortag gewesen, eine einmalige Sache gewiß. Ich muß etwas erfinden, das die Menschen von selbst antreibt.

Es tagt, die Sonne geht auf, steigt hoch. Das Lager schläft noch. Gegen neun Uhr, als es endlich soweit ist, daß ein jeder aufgestanden ist, rufe ich die Familienoberhäupter zu einer Beratung zusammen.

»Wann wir aufbrechen, könnt ihr selber bestimmen, wann wir jedoch aufhören, werde immer ich entscheiden!« sage ich. Die meisten haben nichts dazu zu sagen, ich weiß, es wird seine Zeit dauern, bis das, was da gerade gesagt wurde, bei einem jedem ankommt. Man sieht ihnen an, daß die Köpfe schwer sind.

*18. Mai*

Borchüüs großer, rotgelber Wallach ist ein richtiger Teufelskerl, bockt und wirft die Last viermal ab. Jedes Mal, wenn wir ihn aufs neue beladen, ziehen wir die daumendicke, schlangenrunde Yaklederleine fester an und meinen, nun würde nichts mehr passieren. Aber in dem Tier steckt wohl doch mehr, als wir für möglich halten, vor allem ein Charakter, der eine Niederlage auf keinen Fall duldet. Anstatt uns darüber zu ärgern, genießen wir es und bewundern seinen Kampfgeist. Die beiden Truhen, die er unter anderem zu tragen hat, bekommen von Mal zu Mal immer schwerere Schäden, und zum Schluß sind sie keine Truhen mehr, sondern nur noch edles Brennholz. Vor siebenundzwanzig Jahren sind die Truhen auf dem Rücken eines LKW auf diesem Weg in die entgegengesetzte Richtung gebracht worden. Damals waren sie noch ziemlich neu, und die Jurte, zu der sie gehörten, wurde nach einem anderen, Daka, genannt.

»Wenigstens die Truhen wollte ich zurückbringen von einer Jurte, die in den Altai nimmer zurückkehren wird«, sagt Borchüü, »doch wenn der rotgelbe Wallach es anders meint, dann muß es eben nicht sein!« Das sagt er lachend.

Die Menschen sind noch ärmer, als ich angenommen habe. Die Pferdeherde, die so großprotzig neben der Karawane hergetrieben wird, gehört in Wirklichkeit fünf bis sechs Familien. Viele haben kein Pferd zum Reiten, nicht einmal einen Sattel haben einige Familien. So sind die meisten Menschen auf das Auto angewiesen. Dazu kommt auch die mongolische Kuriosität, die nomadische kleinkarierte Gier: Dein Benzin soll brennen, mein Pferd aber soll sich ausruhen! So fahren in der hinteren Hälfte des Ladekastens, auf einer Fläche von zwei mal zwei Metern über sechzig Menschen.

*20. Mai*

Im Ort Zagaantolgoi wohnen sechs tuwinische Familien. Sie kommen unserer Karawane mit Tee, Essen und einer Igil entgegen. Unter den Stammesgenossen, die zur überwiegenden Mehrheit aus Frauen und Kindern bestehen, ist die ruhmreiche Witwe des Schamanen Boltschas, die nun dreiundsiebzigjährige Orulmaa. Nachdem ihr Mann verhaftet und ins Gefängnis gesteckt worden war, hat sie nicht nur ihre beiden Kinder allein großgezogen, sondern sich dabei auch in den Kopf gesetzt, alles mitzuverrichten, was vorher dem Mann zugefallen war: Pferde zu beschlagen, Kamele zu beladen, zu jagen, zu schlachten, ebenso auch zu trinken und zu rauchen. Was sie aber am berühmtesten gemacht hat: Sie konnte ringen. Dies jedoch inoffiziell, da sich an den Festspielen nur Männer beteiligen durften. So machte sie es sich zu einer Gewohnheit, an dem jeweiligen Sieger des Ringkampfes ihre Kraft zu erproben, wenn das Staatsfest gerade vorüber war. In vielen Fällen erwies sie sich dabei stärker als der stärkste Mann.

Das Jahr 1964 brachte ihr den Gipfel ihres Ruhmes: Im Reiterspiel gewann sie gegen den Staatselefanten Aptigasch, den bisher erfolgreichsten kasachischen Ringer. Es ging da um einen symbolischen Ziegenbock, den man seinem Gegner zu entreißen hatte. Wie bei jedem solchen Kampfspiel stellten immer Kasachen und Tuwiner die beiden Parteien, aus denen der Staatsringer und das Teufelsweib als die Stärksten hervorgingen und nun aufeinander losgingen, um herauszustellen, wer der Allerstärkste war. Und die Frau gewann. Sie zog den großen Mann vom Sattel herunter und preschte, den Bock hoch über dem Kopf schwenkend, davon. Alle jagten ihr hinterher, aber keiner holte sie ein. Ihr Rotbrauner, im Volk als Gysyl Dorug längst bekannt, war schnell und kam im Kasachenail an, und die Reiterin warf die Beute auf die Jurte des Kreischefs ab. Damit hatte der, dem die Jurte gehörte, das Fest zu tragen, das alsbald zu beginnen hatte und den Tag und die Nacht darauf dauern durfte. Jahre später, als auch die Orulmaa mit ihren beiden Kindern auswanderte, wollte der Staatselefant ihr den Rotbraunen abkaufen, diese aber schenkte ihn ihm.

Die Igil hatte die Orulmaa selber gebaut. »Zum Zeitvertreib gebe ich mich mit allem möglichen ab«, sagt sie und erkundigt sich nach Rijka, der sie vor neunundzwanzig Jahren einige Epen vorgetragen hat. Heute orakelt sie lieber. Die Zeit sei danach, und da könne sie auch ein wenig verdienen. Sie will die Landsleute mit Musik auf die weite Reise schicken, doch da passiert es: Opajak, eine andere ältere Frau, will die Igil anstimmen, überdreht dabei jedoch den Griff, und die Saite reißt. Die gute Frau muß sich wegen der herüberzielenden Kamera zu sehr aufgeregt haben.

»Nicht gut, daß die Saite abreißt«, vermerkt Orulmaa, deren Gesicht im Alter sehr schöne Züge bekommen hat, »aber wir werden uns alle noch wiedersehen!« Trotzig klingt die Stimme.

*21. Mai*

Professor Damdin, unter seinen Studenten der Marxist genannt, steht mit einem Male vor mir. Sagt, er wolle mich sprechen, sagt weiter, er wolle sich bei mir entschuldigen, sich mit mir wieder versöhnen. Wahr ist, daß sich der mit mir väterlicherseits Verwandte und eine der sichtbarsten Figuren aus der mongolischen Intelligenz tuwinischer Herkunft von Anfang an gegen die Karawanenidee gestellt hat. Die große Tour, die ich mit Cheme machte, hat er wiederholt, ist auf meinen dampfwarmen Spuren gefahren und hat die Leute gewarnt vor dem Abenteuer, das sie die Existenz und gar das Leben kosten könnte. Dafür achte ich den Mann, denn immerhin hat er sich die Mühe gemacht, wegen anderer die lange Fahrt zu machen.

Eine halbstündige Nachmittagspause festigt sich bei allen Reisenden langsam zu einer Tradition; der Genosse Professor ist Held und Gastgeber der heutigen Ruhe. Er bewirtet die durstigen Menschen mit Brause und Salzgurken. Den Schnaps, der natürlich nicht fehlt, beschlagnahme ich mit dem mildernden Versprechen, ihn am Abend, wenn die Karawane das Tagesziel erreicht hat und die Jurten und Zelte aufgestellt sind, zurückzugeben.

Vielleicht kommt der Besuch auch deshalb mit, und am Abend nehme ich ein Chadak entgegen und lasse die Worte über mich ergehen: »Hör mir zu, Dshuruunai, mein lieber Bruder. Hier hast du meinen dummen Kopf, schlage darauf, wenn es hilft, die gelittenen Verwandschaftsbande zwischen dir und mir aufzufrischen. Ich bin dir hinterhergereist, um mich zu meiner eigenen Niederlage zu bekennen und dich zu deinem Sieg zu beglückwünschen!«

*22. Mai*

Uatbajs, die einzige kasachische Familie, gesellt sich zu uns. Damit ist die Karawane endlich vollständig. Über den Zuwachs freue ich mich sehr. Denn es sind immerhin zehn Menschen, fünfundzwanzig Pferde, fünf Kamele, vier Hunde, sechzehn Hühner und eine Katze, einundsechzig Lebewesen! Sie sind von Dsüüncharaa gestartet und haben bisher mit ihrer kleinen Karawane selber genügend Aufsehen erregt. Die kasachische Familie ist wohl der Punkt, dessentwegen ich die meisten Erklärungen abgeben muß.

»Was haben Kasachen in einer tuwinischen Karawane zu suchen?« fragen einige direkt heraus. Darauf antworte ich ebenso direkt: »Was haben beide, Kasachen wie Tuwiner, in der Mongolei zu suchen?! Wie das Leben manchmal eben so ist!« Damit ist natürlich keine Frage beantwortet, und ich muß zu Erklärungen greifen, mal breit, mal schmal.

Uatbajs und meine Wege kreuzten sich in dreißig Jahren dreimal. 1964 sah ich ihn im Kreisklub mit auf dem Rücken gefesselten Händen, es hieß, ein chinesischer Spion sei er, erwischt an der Grenze. Damals war ich Student, war erfüllt von patriotischer Wachsamkeit und flammendem Haß auf den chinesischen Maoismus, und so sah ich in dem jungen Mann mit den gefesselten Händen den Feind schlechthin. Genau zehn

Jahre später traf ich ihn in Zagaantolgoi wieder, in jenem Nest, das wir vorgestern passierten. Nun war ich Unilehrer, leitete hundert Studenten beim Arbeitseinsatz. Vor dem Staatsfest war ich auf der Suche nach Kumys, und die wasserblauen Augen des Pferdehirten fielen mir auf, mit dem ich zu verhandeln hatte. Ich fragte ihn nach seinem Namen, er sagte Batbajr, was echt mongolisch war. Dann aber hörte ich, während er weitersprach, den unverwechselbaren kasachischen Akzent heraus und sagte: »Was erzählst du mir von Batbajr, du bist doch Uatbaj!« Der Mensch fuhr zusammen, lachte kurz auf und sagte: »Wenn du meinst, warum nicht?«

Ich wollte wissen, aus welchem Kreis er käme, und bekam zu hören: Ulaanchus. Das war der angrenzende Kreis zu unserem, ich kannte mich dort aus, und so fragte ich ihn, wo genau seine Winter- und wo seine Sommerweiden lägen. Da wurde er stutzig, sagte, er wäre noch in sehr jungen Jahren aus der Ecke herausgekommen, und die Namen seien seinem Gedächtnis entfallen. In sehr jungen Jahren herauskommen und trotzdem der starke Akzent? Nein, da stimmte etwas nicht. Und in dem Augenblick fiel mir ein, daß ich ihn damals gesehen hatte. Später erfuhr ich, daß er in der Verbannung lebte.

Weitere zwanzig Jahre verstrichen. Ich steckte inmitten der Vorbereitungen für die Karawane. Eines Abends kam ich spät nach Hause und fand auf der Treppe Uatbaj sitzend. Neben ihm hockte ein junger Bursche, dem ich gleich ansah, daß er dessen Sohn war. Uatbaj erkannte mich auch sogleich wieder, doch hatte er bis dahin nicht gewußt, daß ich es war, von dem er seit Monaten hörte und auf den er seit Stunden wartete. Er hatte von unserer Karawane gehört, hatte gedacht, vielleicht dürfte er mitkommen. Schwere Geschenke packte er nun aus seinem Reisesack aus, doch hätte ich ihn auch ohne diese mitgenommen.

Während der Tee kochte und wir ihn tranken, erfuhr ich, was geschehen war: Schon damals, als wir uns bei der Pferdeherde trafen, war er verheiratet und in all den Jahren Vater von zwölf Kindern geworden, von denen acht überlebten. In den ersten Jahren wurde er streng beaufsichtigt. Da er aber ehrlich arbeitete und sich ordentlich benahm, hatte man sich zu ihm immer milder verhalten, daß er zum Schluß nicht mehr wußte, ob er ein Verbannter oder ein freier, vollwertiger Mensch war. So hatte er, als dreißig Jahre verstrichen waren und China für die Mongolei zumindest auf Regierungsebene kein Feindesland mehr darstellte, vor einem Jahr ein Bittgesuch an den Staatspräsidenten gerichtet, in welchem er ihn ersuchte, ihm zu gestatten, die ihm zugewiesene Ecke verlassen und sich dorthin zurückziehen zu dürfen, wo Kasachen leben. Dem Wunsch war entsprochen worden.

Uatbajs bringen eine gewisse Buntheit in die Karawane, einmal durch ihr Kasachentum, das sie trotz der Einsamkeit in der fremden, mongolischen Umgebung bewußt gepflegt zu haben scheinen, und zum anderen durch die Vielschichtigkeit dessen, was sie mitführen: Spitzzelt, Pferdekutsche, Dombra, Katze und Hühner. Diese letzten wären verkauft worden, wenn ich sie nicht darum gebeten hätte, sie unbedingt mit auf den Weg zu nehmen, wegen der Deutschen, die sich bestimmt freuen würden, wenn sie hin und wieder ein paar frische Eier bekämen.

Darüber hinaus aber kommt der Familie die Rolle zu, mein Unterfangen während und nach der Karawane vor dem Kasachenvolk auszuweisen, das alles scharf beobachten wird.

## *23. Mai*

Die Deutschen bekommen zum zweiten Mal Arbeitswut, drehen in getrennten Teams. Ich bekomme Mr. HaHa (Hans Hausmann) auf die Motorhaube des Jeeps gesetzt und festgeschnallt, fahre der Pferdeherde hinterher, stoße in sie hinein, treibe sie auseinander und bekomme Lob für meine Fahrkunst.

Am Abend kommen alle zufrieden zusammen. Habe das Gefühl, die deutsche Autonomie innerhalb der tuwinischen Republik mit der kasachischen Minderheit wächst nach und nach zusammen. Zogi rennt mit einer dampffrischen Hammelkeule durchs Lager und verkündet: Es wird was Deutsches gekocht! Höre, daß drüben eine gute Stimmung herrscht, bekomme aber mit, daß diese in eine gewöhnliche Trinkerei ausartet. Später wird ein jeder zum Zeugen dessen, wie der Mond auf deutsch angeheult wird.

Zogi, der leidenschaftliche Nichttrinker, ist besorgt: Hoffentlich lassen sich die Gäste von unseren Leuten nicht anstecken und stehen nicht als Säufer am Ziel. Ich sage, daß nicht wir sie, sondern sie uns angesteckt haben, da der weiße Mann uns durch seine auf Genuß zielende Lebensgewohnheit das Trinken wie auch das Rauchen als Attribute der Kultur und des Wohlstandes beigebracht hat. Wieso aber dann bei den Europäern alles in Ordnung sei, während bei uns ..., widerspricht mir Zogi.

»Mein lieber Mann!« sage ich und schaue ihm fest in die Augen: »Erstens ist bei denen längst nicht mehr alles in Ordnung. Zweitens liegt es, daß wir so affig werden, sobald wir etwas trinken, daran, daß uns das Antialkoholenzym, wie übrigens den Indianern auch, fehlt. Die Immunität muß sich in uns erst herausbilden, während die Weißen längst immun sind wie alle Lebewesen, die Giften ständig ausgesetzt sind!« Darauf muß er sich einen kleinen Vortrag anhören.

*24. Mai*

Zehn Kilometer südlich von Erdenet. Schweren Herzens muß ich dem Druck nachgeben und einen Ruhetag einlegen. Hinter dem Druck steht das materielle Interesse Aldars, denn ein Teil seiner Schafe und Rinder sind immer noch nicht abgesetzt. Er will auf dem Markt der Sechzigtausend-Stadt sein Glück probieren. Mir wäre lieber gewesen, wenn er mit den Resttieren und einer Hälfte seiner Kinder zurückbleiben und dann mit dem Geld der Karawane hinterherfahren würde, denn wozu ist er sonst hinten und vorn motorisiert. Doch sehe ich, er hat die Menschen emsig vorbereitet; selbst Borchüü, der bisher immer eisern zu mir gehalten hat, geht auf seine Seite, als bei geteilter Meinung abgestimmt wird, und ich stehe mit meinem Vorschlag, weiterzuziehen und die Stadtnähe so schnell wie möglich zu verlassen, als Besiegter da.

In Erdenet, der drittgrößten Stadt des Landes, leben dreißig tuwinische und sechzig kasachische Familien, und dies wird bedeuten, es wird Besuche und mit jedem Besuch auch Schnaps geben. Bald, sehr bald stellt sich heraus, daß meine Angst begründet war: Es kommen mehr Autos und Motorräder als Jurten und Zelte zusammen, und unter jedem Dach wird getrunken. Allein ich habe keine Zeit, weder mich zu besaufen, noch mich zu ärgern, da ich von Journalisten bestürmt werde.

Unter den Besuchern ist Batyj. Er sieht gealtert aus, doch hat er die Haltung des Chefs nicht aufgegeben, und von der älteren Hälfte der Menschen wird er immer noch mit Darga angesprochen. Daher wohl ist er einer der Lautesten und der Betrunkensten. Er geht lallend durch das Lager, torkelt bald auf diese und bald auf jene Menschen zu, die in kleinen Gruppen sitzen oder stehen, immer noch im Rausch des Wiedersehens. Einmal sieht man ihn stolpern und wuchtig in eine Runde hineinstürzen.

»Du erdrückst mich ja, alter Hund!« kreischt mit seiner Fistelstimme Magsyr, der vielgerühmte Staatsjäger in Vorzeiten und nun der hoffnungsloseste Säufer. Gelächter gibt es und mitfühlende Bemerkungen. Indes liegen die beiden Arm in Arm am Boden und kichern dabei. Später sitzen sie, immer noch Arm in Arm, und loben einander in lauten Worten. Nicht lange danach streiten sie sich, ebenso laut, nun aber sind es schwere Beschuldigungen, mit denen sie einander bedenken.

»Wenn ich dir nicht geholfen hätte, du wärest auf Lebzeit ein blutig schwarzer Murmeltiermörder geblieben und kein Fürzchen mehr!« brüllt der Darga. »Wenn ein anderer an deiner Stelle gewesen wäre, nimmer wären wir um Vieh und Weide gekommen und hätten zu darben brauchen, du Arschloch!« fistelt der Jäger.

Das alles bekomme ich nebenbei mit, während ich Fragen beantworte und vielleicht zum tausendsten Mal zu erklären versuche, daß wir nichts anderes wollen als die Nähe unserer Berge und Flüsse und unser bißchen Andersheit dazu.

Dann aber muß ich hier ausschalten, hinüberschauen und lauschen. Es ist Düwüdün, dessen gequälte, gepreßte Stimme ich zuerst höre und darauf seine schwankende, verzerrte Gestalt sehe. Er beugt sich über Batyj und spricht: »Zwei Fragen habe ich an Sie, Genosse Darga! Zuerst einmal, ist es wahr, daß Sie mein Vater sind, und wollen Sie sich bei Ihrem Volk nicht dafür entschuldigen, daß Sie es verraten haben?«

Seltsam, der betrunkene und damit krankvergiftete Körper muß doch ständig ein paar Fühler gesund erhalten und sie hinausstrecken, als Wächter vielleicht. Sogleich erstirbt der Lärm, und die kleine flüchtige, süchtige Welt inmitten der großen und ehernen scheint sich in ein einziges Ohr zu verwandeln. Der Mann ringt nach Luft. Seine hervorquellenden Augen mit den rot angeschwollenen Lidrändern starren vor sich hin, bis irgendwann ein Krampf seinen schwerfälligen Körper durchzuckt und er darauf zu schluchzen beginnt. Das dauert ein paar Sekunden, die aber lang und schwer genug sind, nicht nur für den Weinenden, sondern auch für die Zuschauenden. Dann beruhigt er sich, fast urplötzlich, richtet sich auf, schaut Düwüdün, der ratlos dasteht, kurz ins Gesicht und flüstert etwas, das von anderen nicht mitgehört, wohl aber erahnt wird. Düwüdün sackt zusammen, umkrallt ihn panisch um die Schultern und vergräbt sein Gesicht unter Batyjs Kinn. Darauf entfährt dem bebenden Körper ein Stöhnen, das in dumpfes gurgelndes gug-gug ausschlägt und über weitere Laut-Abstufungen in einem gleichmäßigen I-i-ih endet. Er weint ohne Hemmung, lange, weint sich aus. Dann steht er auf und sagt leise, wie zur Entschuldigung, mehr an die Außenstehenden gewandt als an den Schuldigen für seine Tränen: »Jetzt weiß ich, daß ich einen Vater habe!«

Batyj, der unter dem Gefühlsausbruch des Sohnes fest wie ein Stück Fels geruht hat, spricht hellnüchtern, mit einem fliegenden Blick, der es aber zu vermeiden weiß, sich an einem anderen zu verfangen: »Zu der zweiten Frage nun. Natürlich tut es mir leid, daß die Entwicklung mit unserem Kreis so kommen mußte, wie sie eben gekommen ist. Aber ein Verräter bin ich nicht, da es nie mein Wille gewesen ist, den Posten zu behalten, auch gegen den Untergang des eigenen Volkes. Vielleicht hat es mir an Weisheit, ja auch an Mut gefehlt, dagegen anzugehen. Wenn dies gemeint ist und wenn es jemandem doch noch hilft, dann bitte ich jeden und alle um Entschuldigung!«

»Scheiße kann noch so sehr vertrocknen, doch hört sie nie auf zu stinken!« brüllt einer, und damit kann sich der Wahnsinn wieder fortsetzen.

## *25. Mai*

Nun ist es geschehen: Drei Hengstherden fehlen, stellt man bei Tagesanbruch fest! Es kommt heraus, daß die Wächter besoffen und umgefallen waren wie Holzklötze und besinnungslos geschlafen haben, bis auf Ganbold, und dieser hat es nicht geschafft, die Herde zusammenzuhalten. Aufwendige Suchaktion. Erst nach Stunden werden die fehlenden Tiere wieder gefunden. Dies aber ist nur der Beginn der Katastrophe. Einem Teil der Kamele ist das Haar abgerupft und -geschoren worden.

Und ein Pferd wird weggeführt, dies am helllichten Tage vor aller Augen! Zwei junge Männer reiten im Galopp davon, ein dunkelbraunes Pferd in der Mitte. Minuten später erschallt ein besorgter Ruf: »Das ist doch meines!« Es ist Borchüü. Weitere Rufe, allgemeine Aufregung. Scharaw, der Jäger, greift nach seinem Gewehr und legt an. Ich rufe: »Nein, nicht schießen!«

Einige gehen auf Verfolgung, kommen jedoch nach einer Stunde mit leeren Händen zurück. Dieser und jener beschuldigt mich, sagt, den Dieben hätte man wenigstens die Pferde abschießen sollen. Ich wehre hart ab: »Sollen wir Blut vergießen auf dem Wege der Karawane? Nein, geschossen wird auch künftig nicht!« Die Mehrheit unterstützt mich. Der älteste Sohn des Schagdar ist verletzt, muß dringend zum Arzt gefahren werden, er hat ein blutunterlaufenes, angeschwollenes Gesicht. Ein Kamelhengst habe ihm ins Gesicht getreten. An eine Schlägerei denke ich. Vielleicht denke ich doch zu schlecht von den Menschen? Der Junge kommt ins Krankenhaus, muß zurückbleiben.

Zurückbleiben muß auch ein Hengst, er gehört Tas. Das Tier ist wiederholt durchgegangen, und der Alte hat es dafür bestrafen wollen, hat es verprügelt und schwer beladen. Es antwortet darauf auf seine Weise, steht nicht mehr auf, streikt. Leute, die mit Kamelen Erfahrungen machen müssen, meinen, wenn es einmal soweit ist, dann hilft nichts mehr, was sich auch bewahrheitet. Bei den Tuwinern stolpert der Hund nicht, tut er es dennoch einmal, so geschieht dies tausendmal, und bei den Deutschen kommt bekanntlich ein Unglück selten allein.

Gut nur, daß ich zu alldem Abstand wahren kann, wahrscheinlich deshalb, weil ich mich in der Position des Rechthabenden fühle. Bleibe fest im Sattel und schleppe das Pack unbarmherzig hinter mir her. Erst bei Sonnenuntergang mache ich halt: Achtundfünfzig Kilometer!

### *26. Mai*

Monika ist verlorengegangen! Das stellt sich erst am Ziel heraus. Schnell springe ich in den Jeep, fahre los. Cheme sitzt neben mir, wegen seiner Adleraugen. Die Sonne steht längst in der Neige. Ich fahre wie ein Antilopenjäger.

Gut nur, daß sie rote Haare hat und nicht allein ist, zwei elfjährige Jungen sind bei ihr. So kann ich jeden, den ich unterwegs treffe, nach einer rothaarigen Russin mit zwei mongolischen Kindern fragen. Fahre in zwei, drei Richtungen, in die sie sich verlaufen haben könnte, kämme die Gegend ab, umsonst! So fahre ich in die Stadt Bulgan, die eigentlich abseits liegt, will die Polizei um Hilfe bitten. »Eine Russin?« fragt der diensthabende Hauptmann verwundert. »Russisch hat sie aber kein Wort verstanden!« »Und wo, wo ist sie?« falle ich ihm ins Wort. »Auf der Hauptstraße nach Norden!« Minuten später machen wir unter den letzten Strahlen der sinkenden Sonne die drei aus, und ich denke an eine Kamelstute mit Zwilllingsfohlen. Der Himmel hat meine Bitten erhört!

Dann aber, als ich neben ihnen stehe, bekomme ich anstatt Mitleid eine mörderische Wut auf das hilflose Häuflein, wohl deshalb, weil Cheme bemerkt, daß wir hundertzwanzig Kilometer gefahren sind. Die Frau, die mein Gast ist und damit über unbeschränkte Rechte zu verfügten hat, wird plötzlich spatzenklein, denn sie muß meinem Gesicht abgelesen haben, was nun auf sie zukommt.

*27. Mai*

Ganbolds gelbe Kamelstute fohlt. Wieder ein Stütlein! Es ist, als ob mir der Himmel mit einer menschlichen Stimme erneut ins Ohr geflüstert hat: »Deine Kamele werden sich auch weiterhin vermehren, mein Kind!«

Das glitschige Kamelfohlen muß in den alkoholschweren Köpfen ein kleines Hoffnungs- und Rettungslicht angezündet haben: Im Namen des Tierkindes bettelt man mich von allen Seiten um einen weiteren Ruhetag an, und geschähe dies, so würden einige zurückreiten und sich um das geraubte Pferd und den liegengebliebenen Kamelhengst kümmern.

Zwar bin ich manchmal wundergläubig, in diesem Fall aber sagt mir mein Gefühl, daß einmal aus den Händen geglittene Verluste nimmer mehr zurückkehren werden. Doch bin ich so in der Klemme, daß ich dem Druck abermals nachgeben muß. Freilich vergesse ich dabei nicht, mir und anderen gegenüber zu schwören, es das allerletzte Mal getan zu haben.

Ein schwer-launischer Tag: Am Morgen liegt die Erde unter Rauhreif, die Pfützen sind zugefroren, darauf wechseln die Elemente einander ab: Regen-Sonne-Sturm-Sonne-Hagelregen. Mein Zelt ist ruiniert, bleibe obdachlos und flüchte in den Jeep, der bisher mein Büro gewesen ist und ab nun auch meine Schlafkammer werden muß.

Monika weicht mir gezielt und still aus. Das rührt an mein

schlechtes Gewissen. Doch nehme ich mir Zeit, möchte nichts überstürzen, glaube auf den Augenblick warten zu können, der sich von selber ergeben wird.

Ringsum wird gekocht und gewaschen. Auch die Deutschen zeigen sich emsig. Das Kindervolk rückt ihnen immer näher ans Fell. Rainer Kling ist der kinder- und Mr. HaHa der hundefreundlichste Mensch. Heidrun hat es am schwersten, sie ist noch nicht angekommen, hängt in der Luft, sieht nicht danach aus, als würde sie auf dem nomadischen Boden ankommen, auch wenn sie zehn Jahre hier bleiben müßte. Wolfgang und Robert schreiben. Wohl ist Wolfgang der genialere und Rainer der solidere Typ, aber beiden fehlen, wie allen anderen auch, einfach die Kenntnisse. Die beiden siezen, die anderen Män-ner und Monika duzen und Heidrun sieduzt mich. Die deutsche Insel besteht aus Einzelwesen, keines hat eine familiäre Bindung. Als ein wenig schade und fast unnatürlich empfinde ich es, daß keiner der Männer das Herz und die Kraft hat, die Frauen an sich zu binden und sie so herüberzuholen, anstatt sie in einem Leerraum zwischen zwei Welten baumeln zu lassen.

Zogi ist ein lieber, lustiger Mensch und besitzt eine reichliche Portion Nomadenschläue. Er ist der Laufbursche und gleichzeitig die Trennwand, die ich zwischen dem Team und mir brauche; gelangweilte, satte Menschen haben zu allen Zeiten einen Witzbold gebraucht. Ich habe weder die Zeit noch die Geduld dazu, selbst dann, wenn ich ein höflicher, verständnisvoller Gastgeber wäre, der versucht, seinen Gästen die Langeweile zu verkürzen.

*28. Mai*

Zehn vor acht morgens. Himmel bewölkt, Luft kühl, würzig und seidenweich. Das Weibervolk schuftet seit einer ganzen Stunde, hastet hin und her, versucht dieses und jenes zusammenzupacken. Die Männer aber stehen herum, rauchen und schwatzen, sehen müde aus wie alle Tage, und dies wohl vor lauter Müßiggang, dem sie sich hingeben. Gleich werden die Kamele kommen, aber bis sie eingefangen, die Jurten aufgeladen sind, werden Stunden vergehen. Das Männervolk ist so schlaff im Körper, so trüb im Geiste. Es ist eine ansteckende, zersetzende Trägheit. Vielleicht muß der Stamm doch und zu Recht aussterben.

Auf dem Tülüü-Paß begegnen wir einem der Gegenzüge, die wir tagtäglich sehen. Auch dieser will die Stadtnähe, will den Herden über den Sommer die Milch und die Wolle abnehmen, sie dabei zu möglichst prallen Fleischsäcken wachsen lassen und dann ab- und ausschlachten, verkaufen und für das Geld ein Auto kaufen. So geht das halbe Land auf Selbstmord!

Nach vierzig Kilometern mache ich Halt. Gern hätte ich Menschen und Tiere noch ein gutes Stück weitergeschleppt, aber ein Bach gefällt mir so sehr, daß ich von ihm einfach nicht wegkomme. Da mir in der Vornacht der ganze Leib gejuckt hat, gehe ich ins Wasser, das sich so wunderbar weich anfaßt, aber eiskalt ist. Auch die Unterwäsche wird bis auf die Socken gewaschen. Während ich die Wäschestücke glattziehe, trifft mein Blick rein zufällig etwas, was mich um ein Haar umwirft: Läuse! Eine Laus neben der anderen liegt in den Nähten, weißbäuchig und schwarzäugig, wie ich mir noch einbilde, aufgedunsen, und halberfroren auf alle Fälle: in Herden und Horden! So sehr ich zusammenschrecke, so beginne ich doch gleich in der nächsten Sekunde, sie abzulesen und von mir wegzuwerfen wie kleine Steine. Ich alarmiere darauf die gesamte Mannschaft, und ein jeder zieht sich aus und sucht. Dann aber heißt es, nichts gefunden. So sehr ich auch überlege, woher ich die Läuse habe, ich komme nicht darauf. Damals, als Kind, vor allem im Schulinternat, habe ich freilich welche gehabt, aber niemals in dieser Menge.

*29. Mai*

Edel und wohltätig mag es nach außen aussehen, aber falsch ist es ganz bestimmt: Die sechs ärmsten Familien muß ich tagtäglich mit Mehl, Salz, Trockenfleisch und sogar mit Streichhölzern versorgen. Ich tue es, da ich einfach nicht zusehen kann, wenn Menschen hungern, da bin ich der Knecht meiner Seele. Dann habe ich auch noch einen Verstand, der sich gegen Almosen stellt, die in den Menschen den Lebenswillen abstumpfen und sie in rückgratlose Weichtiere verwandeln. Eben dieser Verstand erwacht, während ich einen Vorschlag unterbreitet bekomme. In der nächsten Stadt könnten wir einen LKW mieten und einen Teil der Menschen samt den schweren Gepäckstücken vornewegschicken. Die Idee ist gut, da man den Kamelen ansieht, wie schnell sie abmagern und wie erbittert das Kinder- und Weibervolk Morgen für Morgen um das bißchen Platz auf Chemes Auto kämpfen müssen.

»Es wird Geld kosten«, sage ich und warte ab. Keiner äußert sich dazu. »Wer wird das Geld aufbringen?« präzisiere ich meinen Gedanken. Da werde ich von allen Seiten verständnislos angeschaut. Ich sehe, für einen jeden ist es selbstverständlich gewesen, daß wieder ich derjenige bin, der ausgeben muß. Das wurmt mich aber. Und so stellte ich mich stur, sage: »Diesmal überlasse ich es euch und will mich da nicht einmischen!« Und damit ziehe ich mich zurück. Die Hälfte der Strecke geschafft und durch dreißig geteilt, eine Winzigkeit eigentlich, doch soll ein jeder an der eigenen Haut spüren, was es heißt, Geld auszugeben. Damit soll er wenigstens einen Vorgeschmack davon bekommen, wie bitter die Pille gewesen, die ich zu schlucken hatte.

### *30. Mai*

Die Mongolei verfällt. Einer der hunderttausend Beweise dafür ist die Siedlung Unit. Einst ist hier alles gewesen, nun ist da nichts mehr außer Ruinen. Alles, aber alles ist auseinandergenommen und weggetragen. An wie vielen solcher toten Siedlungen bin ich seit dem ersten März vorbeigefahren! Und heute finde ich Zeit, auf die Ankunft der Karawane wartend, mir eine von diesen anzuschauen. Die Privatisierung ist eine unsichtbare, in ihrer Kettenreaktion schreckliche Atombombe gewesen, die, vom Weltkapitalismus auf dieses Land zukatapultiert, immer noch nicht aufgehört hat, tagtäglich weiterzuexplodieren.

Altaas Limousine bleibt im Wasser stehen, alle elektronischen Geräte, die im Gepäckraum lagen, sind naß geworden, eine harte Lehre.

Ajusch, der mißratene Schamane, verprügelt Paawaj. Beide erscheinen vor mir, einer mit einem blutigen Gesicht, der andere mit blutunterlaufenen Augen, gleich einem wahnsinnig gewordenen Stier. Grundsätzlich ist es nicht gut, einen Menschen zu verprügeln, aber solche wie Paawaj müßte man hin und wieder weichprügeln, denke ich, sage aber etwas ganz anderes.

## *31. Mai*

Es hat die ganze Nacht geregnet, regnet am Morgen immer noch. Ein warmer, flüsternder Nieselregen, der mich in anderen Zeiten nur erfreut hätte, nun aber stehe ich klein und ratlos da und schaue auf den gestiegenen Fluß. Das Lager erwacht heute zeitiger als sonst, hier und da melden sich Rauchfäden, die aus den Ofenrohren steigen, sich gleich darauf aber nach unten biegen und tief über die Erde ziehen und einen Aug und Seele wärmenden, blauen Nebel bilden. Gegen zehn Uhr hört es auf zu regnen. Wir beschließen, bis Mittag zu warten, damit der Filz einigermaßen trocknet. Da ereilt mich die Meldung, daß in der Nacht vom LKW unser Trockenfleisch und Sandzucker verschwunden sind. Ich komme mir wie blöd vor, fühle mich mit Don Quichotte verwandt, weiß aber, es gibt kein Zurück mehr. So gehe ich mit den Söhnen daran, die Autos für die Überquerung des Flusses zu rüsten.

Spätestens ab heute stellt die Karawane etwas Heroisches dar. Eine ganze Stunde dauert die Aktion Flußüberquerung, und da alles darauf gut vorbereitet gewesen, endet sie auch gut. Unterwegs erwischt uns ein Platzregen, der jeden und alles triefnaß macht. Aber die gute Stimmung bleibt. Wolfgang und Robert lehnen lachend mein Angebot einzusteigen ab und schreiten jeder an seinem Gehstock weiter. So gefallen sie mir. Aber werden sie es durchhalten und bis zum Ziel zu Fuß gelangen, wie sie es bekanntgegeben? Wenn ja, dann werden sie davon nur ihr Gutes haben, und sie werden es, journalistisch angehaucht wie sie sind, ein Leben lang gut verkaufen können in ihrer Welt, die unter Erfolgszwang steht.

Passieren den mächtigsten Strom auf der längsten Brücke des Landes: 287 m steht auf einem Blechschild geschrieben, und unsere Karawane zieht sich viel, viel länger. Daß die Deutschen dort nicht drehen!

Badsargür heißt der Junge, der an dieser Stelle geboren war und vier Jahrzehnte später die Brücke über seinen Mutterfluß Selenge ausgespannt hat. Er hat sich ein bleibendes Denkmal gesetzt. Die Karawane und die Kamele werden mein Denkmal sein.

### *1. Juni*

Früh, heiter und hell beginnt der Tag. Sarygbasch, der Leiter der fünf Nachtwächter, weckt das Lager um vier und bekommt von mir dafür ein öffentliches Lob und ein signiertes Buch dazu. Der Ausgezeichnete gesteht, er hätte, obwohl er lesen und schreiben kann, noch nie ein Buch gelesen, dieses nun würde er lesen. Weitere Bücher muß ich signieren, wie immer mit ausführlichen Widmungen, denn entlang des Weges werden wir erwartet, sind gerngesehene Gäste. Die gesamte Leitung des Kreises Chutug-Ondör kommt uns entgegen, mit Chadak, süßen Speisen und wilden Getränken. Erfahre bald, ich habe es mit Fans zu tun, lauter Männer in mittleren bis reifen Jahren, was die Sache ein wenig erträglicher macht. Werde ins Stadion gebeten, wo ein Mutter- und Kinderfest stattfindet, trage dort Gedichte vor. Sehe, die Karawane beschäftigt die Seelen mindestens so stark wie die Poesie.

Chüiten bulag, Kalte Quelle, heißt die Bergwiese, auf der wir uns niederlassen. Die Mongolei ist überall schön auf ihre unwiederholbare Art, hier aber ist es geradezu paradiesisch. Hundertmilliarden Löwenzahn und Butterblumen stehen und scheinen ringsum schelmisch fröhlich zu blinzeln.

*2. Juni*

Ruhetag. Kein Notzwang klebt an ihm. Es ist ein licht-süßbunter Tag, an dem sich leicht lebt und man zu jedem lieb sein möchte.

Borchüüs haben während des Umzugs eine neue Igil geschnitzt, heute wird sie besaitet. Eine andere, rauchgeschwärzte Igil kommt zum Vorschein, nun erzeugen beide, alt und neu, schwermütige Melodien, die zu Tag und Ort gut passen.

Unter den fünf Spielern ist Gasan die älteste und die beste. Vor fünfundzwanzig Jahren hat sie das letzte Mal auf einer Igil gespielt. Danach ist sie ausgewandert. Die berühmte Schamanin Schashynbaj war ihre Pflegemutter. Auch die Tochter soll schamanen, aber bis heute ergab sich keine Gelegenheit, sie darüber zu befragen, ob es stimmt.

## *3. Juni*

Am Fluß Schiwee steht eine Gastwirtschaft. Der Wirt ist ein kapitalistisch gieriger und sozialistisch unbeholfener Mensch. Seit drei Jahren versucht der ehemalige Kommunist, Vorbeireisenden Geld aus der Tasche zu ziehen, geblieben ist er jedoch arm und dumm wie alle Gastwirte, die an den Rändern von Hauptstraßen kleben wie Bettler und einem auf die Nerven fallen.

Die Schwiegermutter des Wirtes fragt mich, ob ich orakle. Ich verneine die Frage, flüstere ihr aber zu, sie soll zu der Frau gehen, die im Schatten des LKW sitzt. Das ist Gasan, und die alte Frau spricht sie an, bringt sie mit in die Jurte.

Es geht um ein Mädchen von etwa fünfzehn Jahren, das im Bett links in der Jurte liegt. Gasan schaut sie sich eine lange Minute an, das Mädchen errötet unter ihrem eindringlichen Blick. Darauf orakelt sie mit einundvierzig Steinen, deutet auf die gestapelten Koffer und sagt: »Da ist etwas Glitzerndes, Festes, Gelbes. Es ist vor nicht allzulanger Zeit von einer fremden Person zu dir gekommen, es muß weg!« Worauf die Alte zu den Koffern humpelt, den obersten herunternimmt und aufmacht. Eine Haarklemme aus glitzernd-gelbem Metall kommt zum Vorschein.

»Woher hast du die?« fragt sie die alte Frau. »Von Ojunaa«, lautet die Antwort. »Seit wann hast du sie?« »Seit etwa einem Monat.«

»Das wird sie gewesen sein!« sagt Gasan bestimmt, steht auf, tritt an die alte Frau heran, nimmt ihr die Haarklemme ab, schwenkt sie dreimal über der Liegenden, tritt aus der Jurte, geht ein Stück weiter und wirft sie mit einem mächtigen Schwung weg, den man ihr schwer zugetraut hätte, wenn man es nicht gerade mit eigenen Augen gesehen hätte.

Es gibt Tee, Sauermilch, Käse und Fladen dazu. Dann aber gibt es auch einen Geldschein, den die Alte der Oraklerin mit großer Ehrerbietung anbietet. Gasan ißt und trinkt, will das Geld aber nicht nehmen. Da sage ich auf mongolisch: »Nehmen Sie es bitte, so ist die Sitte«, und füge dem auf tuwinisch hinzu: »Jeder Halunke betrügt und nimmt heutzutage. Bei Ihnen ist es anders, das hat man gesehen, seien Sie also nicht so zaghaft!«

Der Bezirk Chöwsgöl hat begonnen.

## *5. Juni*

Drei Tage und drei gute Strecken: 44, 42, 50, insgesamt 136 km überwunden. Drei Flüsse: Dsülegt, Schiwee und Toson passiert. An dreimal drei Jurten abgestiegen, dreimal drei Menschen ins Gesicht geschaut und mit ihnen Worte und Gefühle gewechselt. Nun kann ich mit Bestimmtheit sagen: Hier lebt man ursprünglicher und ist nomadischer als in den zurückliegenden Bezirken, hier ist die Mongolei, die mir am Herzen liegt. Ich habe das beglückende Gefühl, ab nun keinen Liter Milch mehr kaufen zu müssen. Wir werden, wo wir entlangkommen, mit Tee und Fladen und Quark wenigstens empfangen und gefragt, wie wir die Milch haben möchten: roh, gekocht oder gesäuert? Ich erzähle ihnen von Alten und Kindern und bekomme darauf beides:

Milch und Sauermilch. Dafür beschenke ich die freundlichen Menschen so reichlich, wie meine Lage es nur zuläßt. Kaufen ist für mich eigentlich billiger, aber das ist irgendwie nötigend und vergiftet das, was unter den einander zunächst wildfremden Menschen dann zustande kommt und sie verbrüdert und verschwistert.

Der Hessische Rundfunk übermittelt die Grüße der Familie Mayer aus Frankfurt; werde von Miß Europa am Telefon verlangt und erfahre, noch im September wird mein deutschsprachiger Gedichtband in der Schweiz erscheinen. Sprachlos stehe ich da und schaue dankbar auf den schmalen Koffer, in dem die Wunderkraft wohnt, die die Zügel meines armen, schwachen Volkes und die starke Hand der großen Menschenheit verbinden. Meine Herde vermehrt sich um vier neue Pferde, und ich kaufe sie nicht, nein, sie laufen mir von selber zu.

Werde von drei Familien zum Abendessen gebeten. Nehme alle Einladungen an, mache bei jeder eine Kostprobe, kann daher mit den Leuten einiges besprechen. Die Handtücher bringen mich auf einen Gedanken, den ich wohl eher hätte denken müssen: Die Nomaden sind einerseits großzügig wie kaum andere. Wildfremde kommen, und ein Hammel wird geschlachtet, eine Flasche nach der anderen wird auf den Tisch gestellt, Tausende von Tugrik werden mir nichts dir nichts ausgegeben. Anderseits sind sie so bedauernswert kleinlich, geizig: In neun von zehn Haushalten fehlt ein sauberes Handtuch. Es kostet nur einen Bruchteil von dem, was tagtäglich verschwendet wird an Speisen und Getränken. Doch keiner bringt es übers Herz, diese kleine Ausgabe auf sich zu nehmen.

*7. Juni*

Ein Kamelwallach schafft es nicht mehr mitzukommen, muß zurückbleiben. Hätte ich es noch vor zwei, drei Tagen geahnt, ich hätte ihn wenigstens gegen ein Pferd, am besten gegen eine Jungstute tauschen können. So aber bringt sein Tauschwert nicht mehr als ein mickriges Vorjahreslamm und eine dumme Ziege, besser als nichts. Obwohl ich mich mit dem Gedanken zu trösten versuche, daß das wertvolle Tier innerhalb der mongolischen Grenzen bleibt, so trifft mich der Verlust doch recht empfindlich, ja, es ist mir tränen- und gallebitter zumute. Ich muß mich an den Gedanken gewöhnen, denn weitere Verluste wird es geben. Die Kamele magern von Tag zu Tag ab, ihre Sohlen werden von Ziel zu Ziel dünner. Viele hinken schon.

*8. Juni*

Erreichen Mörön. Schicke die Karawane an der Stadt vorbei, fahre selber hinein und suche die Bezirksleitung auf, die mich sehr zuvorkommend empfängt. Entschuldigungen höre ich, dafür, daß man uns nicht entgegengekommen sei. Am Abend erscheint ein Stellvertreter des Bezirkschefs, an seiner Seite zwei Mitarbeiter, die einen Berg Geschenke herbeitragen: Achtzig Laibe Brot, achtzig Flaschen Limonade und zehn Flaschen Archi. Ich fühle mich geehrt und gleichzeitig beunruhigt, lasse das Brot und die Limonade vollständig unter das Volk verteilen, behalte den Schnaps aber zurück. Da ich sehe, daß der Stellvertreter ein Trinker ist, beschließe ich, das Teufelsgetränk auf dem kürzesten Wege zu vernichten, und bitte meine Nächsten, die Deutschen, viel und schnell zu trinken, damit die sinnlose Feier möglichst bald ein Ende nimmt. Und die Singles, naturgemäß in guter Übung, erfüllen den Auftrag ehrenhaft.

Die Tankwartin von Mörön ist das Schreckbild eines häßlichen Weibes schlechthin, und ich weiß, irgendwann werde ich nach ihrem Vorbild eine Figur in der Literatur schaffen. Sie behandelt uns im Gegensatz zu der Kreisleitung schlecht, bringt Aldar um fünfzig, mich um zwanzig Liter Benzin und einen jeden von uns um eine Handvoll Nerven. Sie betrügt jeden, der kommt und tankt, offen und brutal; sie kann sich einfach nicht zurückhalten, da sie wohl einmal auf den Geschmack des Raubgewinns gekommen ist. Sie ist ein Beispiel für den Vulgärkapitalismus, dem die elitären Vorreiter der mongolischen Demokratie den Mantel der Marktwirtschaft aufgestülpt, mehr aus Zynismus als aus Unwissenheit, da sie ja höchstens in einer feineren Art genauso betrügen und rauben.

Ajantschin ist am Ende seiner Kräfte. Ich lese ihn in der Steppe vor Mörön auf, wo er am Rande des Weges liegt und mich traurig anschaut. Dieser still-aufdringliche Blick des Hundes ist die Frage: Was soll ich nun tun?

Ich nehme ihn ins Auto und übergebe ihn später Cheme zur Behandlung. Dieser reibt ihm die Sohlen mit angebranntem Hammelschwanzfett ein und verbindet alle vier Pfoten.

*9. Juni*

*Ardyn Erch* hat vor sechs Tagen auf ihrer Titelseite etwas Sichtbares über uns gebracht: Ein großes Bild von mir, und die Karawane zieht durch meine Brust, eine sehr gelungene, aussagestarke Fotomontage. Die schwarzweiße Helmmütze, die ins Auge sticht, erinnert sofort an den Schnee-Altai. Ein ausführliches Interview wird angekündigt. Allerdings hat das nette Material einen Makel: Die *Karawane der Urianchai* lautet der Titel. Tausendmal habe ich gesagt, daß wir keine mongolischsprachigen Urianchai, sondern turksprachige Tuwiner sind, und werde nicht müde werden, es weitere Tausende von Malen zu korrigieren.

Die Nacht massiere ich mir die schmerzenden Stellen am Nacken und Arm und werde auf etwas aufmerksam. Es ist eine erbsenkleine Beule am Ende des rechten Schlüsselbeins. Mir stockt der Atem, und zum ersten Mal im Leben denke ich an Krebs. Überlege, was ich mache. Auf alle Fälle zum Arzt fahren, gleich morgen, und dann vielleicht auch nach Ulaanbaatar, am besten mit dem Jeep, aber allein?

*10. Juni*

Die Welt sieht anders aus. So, als brenne die Sonne auf Sparflamme, und die Dinge hätten ihre Standorte gewechselt. Fühle mich matt und abgestellt, während ich zum Arzt fahre. Der Internist, ein älterer Mann mit dem Gesicht eines Ziegenlammes, wird auf die Erhöhung am rechten oberen Brustbein sofort aufmerksam, befühlt lange die Beule mit der Fingerspitze, läßt mit einem Mal ein flüchtiges Lächeln über sein längliches Gesicht huschen, schüttelt darauf aber den Kopf und sagt: »Nicht gut!« Dann schickt er mich zum Chirurgen, dieser zum nächsten, und so geht es weiter. Was ich zum Schluß erfahre: Der ganze Bezirk hat keinen Spezialisten für Krebserkrankungen. Rede deshalb mit den Söhnen, mit dem Team, mit einigen aus der Karawane, rede nur von Untersuchungen, aber ein jeder, glaube ich, versteht sofort, worum es geht. Alle raten mir, sofort in die Hauptstadt zu fahren und mich um meine Gesundheit zu kümmern. Aber ich entscheide mich anders, möchte mich auf mein Glück verlassen und bei der Karawane bleiben.

Weitere zwei Pferde sind gestohlen worden, und eines davon ist das einzige Pferd von Gombu. Der Ärmste wird, wenn keiner ihm hilft, ab nun die Kamele zu Fuß führen müssen. Damit hat sich die Zahl der gestohlenen Pferde auf zehn erhöht. Keine Rettung vor Diebstahl und Schnaps. Das ist nun einmal die schäbige Realität des Lebens in diesem Lande der vergewaltigten und verluderten Demokratie.

### *11. Juni*

Der Tag fängt häßlich an. Es heißt, eine Hälfte der Kamele sei entführt worden, von Mongolen aus der Nachbarschaft. Ihre Jurten seien darauf aufgeladen, und die ersten hätten sich längst aus dem Staub gemacht. Ich wecke das Team, die Kamera auf dem Schoß fahren wir los, um wenigstens Tatspuren für die Polizei zu haben. Doch müssen wir dann auf halbem Weg umkehren, da wir eigene Leute treffen, die schneller waren als wir. »Es sind nicht unsere Kamele«, heißt es. Später finden wir die vermißten Tiere im Wald. Die Nachtwächter haben geschlafen und dann aus Angst gelogen.

Legen »nur« dreiundzwanzig Kilometer zurück, aber es sind schwererkämpfte, unvergeßliche Kilometer: Passieren zwei Pässe, und einer davon ist der ruhmreiche Chöch-Chötöl. Das ist einer der großen Namen, in denen die Ehrfurcht des Volkes lebt. Wie oft habe ich mit Liebe, Neugier und Furcht daran gedacht, nun habe ich ihn gesehen, ein hoher, himmelsteiler und in jeder Hinsicht wunderschöner Paß, eine der Größen, ohne die das Leben ringsum an Farben verlieren würde. Der höchste Gipfel, den ich, selber fahrend, erklimmen durfte. Unter dem fast erstickenden Geheule des Jeeps spüre ich die Schwerelosigkeit, die mit jedem überwundenen Meter unter meine Waden fährt. Bete dabei in einem fort: Ej baj Aldajm! Ja, daß mein reicher, großer Altai in dem Augenblick fern von mir ist, tausend Kilometer weit weg liegt, hat wenig zu bedeuten, für mich ist jeder Berg auf diesem Planeten Teil meines Altai.

Der Owoo auf dem Chöch-Chötöl ist mächtig und noch sauber. Nicht nur Steine, sondern Jahrhunderte scheinen dort aufgehäuft zu liegen. Mit einem Chadak auf den Händen falle ich davor auf die Knie und bitte die Geister um Gehör.

Tausche ein dreijähriges Kamel, das sich auf wunden Sohlen mühsam herbeischleppt und ziemlich am Ende seiner Kräfte steht, gegen eine dreiköpfige Pferdefamilie: eine hellblaue Stute mit Fohlen zweier Jahrgänge, beide weiblich. Was sind drei Stuten? Ein dreistrahliger, nimmer versiegender Pferdebronn!

## *12. Juni*

Narmandach, Sonnenaufgang, heißt der kleine Betrüger. Er hat am Vorabend ein Vorjahreslamm dreimal verkauft. Am Morgen stehen alle Käufer um das Lamm herum und streiten sich. Der Verkäufer ist mit seiner Herde längst verschwunden, und die Ehefrau weiß von nichts außer dem einen Satz: »Jemand wird kommen und das Schaf abholen!«

Einer der drei Betrogenen ist Uatbaj, nun zeigt er sich echt kasachisch: Reißt das Unglückslämmchen an sich, laut verkündend: »Allah wird bezeugen, daß ich dafür bezahlt habe, und nun hab ich es eilig, muß gehen!« Auch die anderen beiden, Uwaj und Gombu, müssen sich beeilen, denn die Karawane zieht schon vorbei. Und sie verhalten sich echt tuwinisch: Sie ziehen sich still zurück, mit einer Geste, die besagt, ach, was soll ich mich wegen eines Lammes aufregen.

## *13. Juni*

Aktion LKW, die eine ganze Woche läuft, findet heute endlich ihren Abschluß. Gegen einen kleinen Berg von Kamelhaaren nimmt ein Anhänger einen größeren Berg von Gepäck von Chemes Auto und die anfälligere Hälfte des Karawanenvolkes mit. Achtundsechzig Menschen, zumeist Kinder, gehen auf den Weg, und Familien werden für wer weiß wie lange getrennt. Aber nicht jedes Weib und jedes Kind verläßt die Karawane, einige bleiben und auch meine kranke Alte bleibt. Einmal angefangen, wollen sie bis zum Ende durchhalten. Ich bin ihnen dankbar für die Ausdauer, für das Vertrauen zu sich und zu mir.

Ich habe mir zur Gewohnheit gemacht, aus jeder größeren Pferdeherde, die uns unterwegs begegnet, eine Jungstute oder einen Junghengst zu kaufen. Es wird eines Tages auch eine neue, edlere Pferderasse geben, welche die Besonderheiten verschiedener Landesteile in sich vereinigt.

## *14. Juni*

Cheme wird siebenundzwanzig. Das ist ein merkwürdiges Alter, das mich seit langem beschäftigt. Der Russe Mischa Lermontow, der Deutsche Wolfgang Borchert, der Ungar Sándor Petöfi, und viele andere sind über diese Schwelle nicht hinausgekommen. Auch der Tuwiner Bajnak, Sohn des Dshaniwek, wurde siebenundzwanzigjährig erschossen, während sein Vater Dshaniwek zweiundsiebzig Jahre lang auf Erden verweilte. Und in eben diesem berühmt-brüchigen Alter von siebenundzwanzig Lenzen schrieb ich damals die Tuwinische Geschichte.

Dem Geburtstagskind schenke ich einen Knöchel, den ich am Vorabend sauber abgeknabbert habe. Sage dabei: »Die Karawane gibt es nur einmal, so wie man nur einmal den siebenundzwanzigsten Geburtstag erlebt. Der Knöchel möge dich ein Leben lang an diesen Tag und diesen Sommer erinnern!« Er nimmt den winzigen Knöchel mit beiden Händen entgegen.

»Übrigens wird der Knöchel wie mancher Orden von einer Geldsumme begleitet«, sage ich darauf. »Wenn du es genauer wissen willst, handelt es sich in diesem Fall um einen Fünfzig-Dollar-Schein, du kannst ihn gleich oder später haben, ganz wie du willst!« Cheme lacht verlegen, sagt: »Später ist wohl besser.«

Bekomme in einem Kreiskindergarten zehn Kilo Butter made in USA und in der Schule zwanzig Kilo Gerstenmehl, weshalb ich am Abend stolz vor meine Köchin trete und sie frage: »Weiß du, was ich dir mitgebracht habe?«

## *15. Juni*

Um halb acht setzt sich die Karawane in Bewegung, eine Meisterleistung! Überhaupt bemerke ich eine Veränderung, Mensch wie Tier gewöhnen sich an die Reise. Sich vorwärtsbewegen, von Ziel zu Ziel weiterziehen, abgehen und ankommen wird nun zur normalen Lebensform für ein jedes Lebewesen.

Nunmehr sieht der Karawanenalltag so aus: Gegen fünf Uhr erwacht das Lager, Pferdehufe trommeln gegen die Erde, Kamele brüllen, Rauch steigt aus den Ofenrohren auf, Kessel scheppern, Frauen rufen, Männer hüsteln, Kinder wimmern. Die Zelte und Hütten aus Jurtenteilen werden abgebaut und zusammengeschnürt, Kamele werden herangeführt, gehen in die Hockstellung und werden beladen, Pferde werden gesattelt, Kinder und Frauen bestürmen den LKW, sobald die Zelte und Gepäckstücke der Gäste aufgeladen sind.

Ein jeder trägt in der Hand eine Kanne und einen Beutel mit dem Wegproviant. Die Kamele stehen auf, werden hintereinander gekettet, sie setzen sich in Bewegung und kämpfen um jeden

Kilometer, die Pferdeherden gehen bald nach vorne, bald bleiben sie hinten, werden mit Pfiff und Peitschenknall getrieben ... ein kilometerlanger Staubfaden, hier und da unterbrochen, alles bewegt sich, in eine Richtung nur, vorwärts ... vorwärts.

Am westlichen Horizont tauchen Schneeberge auf: der Altai! Die Karawane bleibt für eine Minute stehen. Die Menschen beten, die Augen sind voll Tränen. Ein jeder glaubt, am Geruch der Luft den Altaiwind erkennen zu können.

### *16. Juni*

Achtundvierzig Kilometer zurückgelegt, lassen uns am Südufer des Flusses Tes nieder. Die Sonne steht noch hoch. Fahre herum, forsche und lerne eine nette Familie kennen, bei der ich zwei Suppenhammel kaufe, die im Jeep mit Mühe Platz finden.

Das Familienoberhaupt heißt Gambaj, ein bejahrter, ein goldiger Mensch, denn er ist Masseur und massiert mich eine Stunde lang, saugt mir zum Schluß noch die Schmerzen aus den Fingern. In der Nacht schlafe ich schmerzlos, fest und arbeite an hellen lustigen Träumen.

### *17. Juni*

Die Karawane zieht weiter. Ich bleibe zurück und mache einen schönen Abschiedsbesuch bei der netten Familie. Die Frau ist Tochter des ruhmreichen Ringers Dandsan und ein genauso lieber Mensch wie der Mann. Während sie kocht, werde ich von ihm massiert, länger noch als am Vortag. Abschließend werden mir wieder die Finger und heute nun die Restschmerzen abgesaugt. Nach dieser Prozedur fühle ich mich wie körperlos, so ausgeruht komme ich mir vor. Beim Abschied werde ich groß beschenkt. Auch ein jeder der Mitfahrenden bekommt ein Geschenk.

Nach einundvierzig Kilometern lassen wir uns am Fluß Mogoin gol nieder. Das ist schon der vierte Bezirk: Dsawchan. Ein Gewitter bricht herein, das mit Schnee endet. Trotz des Unwetters erscheinen wieder zahlreiche Besucher. Viel Milch kommt zusammen.

Die dreiundsiebzigjährige Ajuschdshaw führt einen Jungen, der sieben Jahre alt, Vollwaise ist und Adsaa, Glück, heißt. Es ist ihr Urenkel. Der Knirps singt so schön, daß mir die Tränen kommen. Es ist, als ob er schamante. Schenke ihm symbolisch ein Hemd von mir: Er soll wachsen und es sprengen. Und immer Adsaa bleiben, was auch geschehen mag. Ja, bisher hat er Glück, trotz allem, kommt mir vor: Er hat die Urgroßmutter, die so weise und milde ihn durchs Leben führt, hat die weich- und weitherzigen Menschen ringsum, die selbst Wildfremden mit Geschenken entgegeneilen, und die endlos weite, wunderschöne Hügelsteppe, die seine andere, große Jurte ist.

### *19. Juni*

Schnee liegt über Berg und Steppe. Über der Motorhaube des Autos fingerdicke Eiskugeln. Die Köchin Uudshum, die gute Seele der internationalen Insel innerhalb der tuwinisch-kasachischen Karawane, gibt sich Mühe, um die Stimmung der letzten Tage weiterhin aufrechtzuerhalten: Sie kocht das Passende gegen die Eiskälte, einen Reis-Fleisch-Milch-Tee. Die Deutschen, die wohl noch vor sechs Wochen die Nase gerümpft hätten, wenn einer ihnen so etwas vorgesetzt hätte, fallen über den Tee-Eintopf her.

*20. Juni*

Es hat die ganze Nacht geregnet, es sieht so aus, als würde es auch den ganzen Tag regnen. Gegen neun Uhr geht der Regen in Schnee über und hört eine Stunde später auf. Wir könnten weiterziehen, aber Aldars Auto ist wieder, wohl zum hundertsten Mal, diesmal aber ernsthaft, kaputt, und die nett-schlaue Frau schleicht sich fuchshaft von einer zur anderen Hütte und erreicht, daß die morgige Pause auf den heutigen Tag vorgezogen wird. Schweren Herzens muß ich diesem Vorschlag zustimmen, verordne aber, daß der nun freie Tag wenigstens dazu benutzt wird, alle Hunde zu beschuhen.

Am späten Nachmittag passiert ein Jeep das Lagerterritorium. Minuten später werde ich gebeten, eine Grußbotschaft entgegenzunehmen. Eine vierköpfige Gruppe bewegt sich auf mich zu, eine junge Dame in Seide und Samt, mit einem Chadak vorneweg, und auch die anderen sechs Hände sind vorgestreckt, tragen verschiedene Geschenke. Eine Delegation des Kreises Songino, erfahre ich darauf. Über hundert Kilometer ist sie gefahren, der Chef ist persönlich gekommen. Das Volk des Kreises lasse uns herzlichst grüßen und uns sagen, diese

Karawane sei ein mutiger Protest gegen den falschverstandenen Fortschritt, und die Ausdauer, die wir an den Tag legen, würde auf das Konto des gesamten Nomadentums kommen.

### *21. Juni*

Es ist von vornherein klar gewesen, daß sich Mensch und Tier heute wiedermal zusätzlich anstrengen müssen. So geschieht es auch: dreiundfünfzig Kilometer. In panischer Eile werden die Spitz-Zelte aufgebaut, denn ein Gewitter naht, das darauf mächtig hereinbricht, sich später in einen Nieselregen verwandelt und erst gegen Morgen geht. Auffallend, daß kein Wörtchen mehr zu hören ist, das irgendwie in die Richtung des Jammerns fällt.

### *22. Juni*

Nach vierzig Kilometern immer noch keine Spur von Wasser. Fahre vorneweg und erkunde. Entweder in der gleichen Richtung bleiben und nochmals halb so lange weiterziehen, oder vom Weg abbiegen und hin und zurück acht Kilometer verlieren. Ich entscheide mich für die letztere Möglichkeit, will ausnahmsweise den Verlust in Kauf nehmen.

Im Brigadezentrum, einer heruntergewirtschafteten Siedlung, stehen drei Jurten. In allen wohnen in großer Bedrängnis inmitten eines Kinderschwarmes nur Strohwitwen. Zwei Männer und eine Frau sind seit Monaten nach und nach verschwunden, sind wahrscheinlich auf dem Handelswege. Urkomische Mongolei, die aus ihrem Reichtum Armut macht!

*23. Juni*

Erbringen die Rekordleistung von siebzig Kilometern, was nicht beabsichtigt ist. Zunächst suchen wir nach Wasser und Weide, dann, als diese erkämpft sind, fühlen wir uns unsicher vor Dieben, da sich Hauptstraßen aus drei Richtungen in der Nähe kreuzen. Das nächste Trinkwasser soll »gleich vorne« sein. Bis dahin müssen wir aber einundzwanzig Kilometer zurücklegen. So kommt etwas zusammen, was, wäre es zu Anfang der Karawane geschehen, vermutlich eine Meuterei hervorgerufen hätte. Nun aber wird die Mammutstrecke von allen Seiten mit zusammengebissenen Zähnen ertragen, und zum Schluß ist man darüber noch glücklich.

Überschreiten die Grenze des Bezirkes Uws, und sind damit endgültig im Westen der Mongolei!

*24. Juni*

Werde mit Geschenken und Ehrungen verwöhnt. Die Leitung des Kreises, dessen Zentrum wir fluchtartig verlassen haben, kommt uns hinterhergefahren und bewirtet uns.

Aus der südlichen Ecke des Bezirkes kommt ein edles, teures Geschenk: ein Hengst und eine Stute, beide dreijährig. Eine ganze Delegation zu Pferde steht da, die Satteltaschen prall von

Geschenken. Die Truppe hat zweihundertachtzig Kilometer zurückgelegt, in drei Tagen. Vor sieben Jahren bin ich dort einmal Gast einer Familie gewesen und habe darauf ein Sonett in Prosa auf den lieblichen kleinen Fluß Chüngüi geschrieben. Nun stellt sich heraus, daß viele sich davon angesprochen fühlen.

Der Tuwiner muß essen, der Deutsche muß planen. Das Team ist mit einer bestimmten Vorstellung gekommen, und die Arbeit besteht nun in der Hauptsache daraus, das Vorgedachte hier bestätigt zu finden, die Planaufgabe also zu erfüllen. Vor einigen Tagen sagte einer zu mir: »Morgen um fünfzehn Uhr Aldar in der Jurte interviewen!« In welcher Jurte, wollte ich wissen.

»Na, in irgendeiner unterwegs«, lautete die Antwort, »die Leute werden doch nichts dagegen haben, wenn wir mitkommen und gleich drehen?«

»Warum so genau um diese Uhrzeit? Vielleicht müssen wir wieder dreißig bis vierzig Kilometer ziehen, um überhaupt eine Jurte sehen zu können!« gab ich zu bedenken, und ich hoffte, ich wäre verstanden worden, worauf ich hinauswollte. Heute sagt mir Rainer: »Morgen will ich einen der Aldar-Söhne für das Radio interviewen!«

Ich könnte auch fragen, warum Radio-Interview, dort, wo ein Film über die Karawane gedreht werden soll. Aber ich frage lediglich: »Warum gerade wieder Aldar? Es sind dreißig Familien, ein jeder würde sich freuen darüber, wenn er in den Film käme. Alle warten und hoffen, aber beschäftigt habt ihr euch bis jetzt zu sechzig, siebzig Prozent einzig mit der Aldar-Familie, über die anderen, die arme, dumm-stumme Masse, habt ihr hinweggeschaut! Könnt ihr bitte nicht endlich einen anderen nehmen, wenn auch nur fürs Radio? Einer wenigstens soll sich angesprochen fühlen!«

Das sage ich, und der Deutsche muß es hinunterschlucken. Am Abend kommt Robert, bittet mich in die Steppe hinaus und fängt sogleich an: »Wir haben Ehrfurcht vor Ihren Bergen und vor Ihrer Person, aber in der letzten Zeit haben wir das Gefühl, daß Sie uns zu sehr für drittklassige Journalisten halten ...«

Ich lasse ihn aussprechen und sage, daß ich erst zwei Tage vorher Mr. HaHa auf seine Frage, was ich vom Team und jedem seiner Mitglieder halte, ausführlich und zwar ausschließlich positiv geantwortet habe, mit der einzigen Einschränkung freilich, daß keiner über seinen Schatten springen kann, nämlich, daß der von seiner Umgebung bewußt auf Individualismus hin erzogene Deutsche selbst in einer Herde von Nomaden das bleibt, was er ist: Einzelgänger. Darauf kritisiere ich die lebensfremde Plansucht des Teams und nenne deren negative Auswirkungen. Wir vereinbaren, ab morgen alles vorher gemeinsam zu besprechen.

### *25. Juni*

Alle neu gekauften Pferde lasse ich mit dem tuwinischen Brandzeichen markieren. Bin der stolze Besitzer einer dreißigköpfigen, kunterbunten Herde. Ein Gewitter, gleich einem Fegefeuer, geht über die Steppe. Darauf wird alles lau und blau.

In der Nacht drehen wir mit Uatbaj am offenen Lagerfeuer. Der Bursche erscheint prächtig in seiner Kasachentracht, erzählt aber Unwahres, obwohl er mir vorher versprochen hat, mit seiner wahren Lebensgeschichte herauszurücken. Die Dreharbeit muß abgebrochen werden.

### *26. Juni*

Nach Mitternacht geht ein Sturmwind los. Das Zelt flattert und hüpft in der Luft. Mit Schmerzen warte ich darauf, daß es davonfliegt. Dies aber geschieht nicht. Friere arg. In der Frühe herrscht Totenstille. Das Leben hat sich in die stumme Ecke der Zelte verkrochen.

Genau fünfzig Kilometer geschafft. Kahler, toter Boden, besät mit kantigem schwarzen Kiesstein. Der See Chirgas in Aussicht, erschreckend groß und wie siedend. Rostbraunes Brunnenwasser, riecht schwer nach Urin, sollte abgekocht und stehengelassen werden, allein Dung und Zeit sind knapp.

### *27. Juni*

Mit der aufgehenden Sonne erreicht mich eine Alarmmeldung: Ein Teil der Pferdeherde sei nicht mehr da! Und wenig später stellt sich heraus, es sind zum größten Teil meine Pferde! Ich koche, donnere die Nachtwächter zusammen und sage, daß ich einem jeden den Schädel spalten werde, wenn auch nur ein Fohlen fehlt! Sie flattern auseinander, begeben sich auf die

Hügel, um Ausschau zu halten. Ich nehme einen Begleiter und fahre in die Steppe hinaus. Kaum fünf Kilometer gefahren, finden wir in einer Mulde die fehlende Herde.

Heute sinkt Aldars Monstrum in die Steppe ein. Er fährt aus der Haut, will seinen Sohn und seinen Schwager erschlagen. Jeder Verlust des Besitzes macht den Menschen aggressiv. Dshukaj entdeckt wieder gute Weiden in der Nähe und findet die Stelle günstig zum Übernachten. Zum Glück nimmt es ihr diesmal keiner ab. Die Karawane zieht weiter.

Würde meine Nordshmaa auch jedesmal so auftreten, wenn unser Hab und Gut in Gefahr gerät, gesetzt den Fall, wir führen es, wie diese, zusammengehäuft auf Rädern? Vielleicht, denn man wird auch wütend, wenn es darum geht, den Besitz zu verteidigen.

*28. Juni*

Fünf Stunden muß ich im Sand buddeln, um fünf Meter zurückzulegen. Endlich herausgekommen, finde ich hinter dem nächsten Hügel auch Altaa festsitzen. Während wir die Limousine mit vereinter Kraft aus dem Sand freischaufeln, reden wir davon, daß es Cheme mit seinem LKW, den wir lange aus der Sicht verloren, ähnlich ergehen könnte wie uns beiden. Später stellt sich heraus, wir hatten recht.

Bis jetzt sind wir Reisende gewesen. Die Steinwüste um den vierzig Kilometer breiten und achtzig Kilometer langen Chirgas-See macht uns zu Helden. Die Hunde gehen beschuht, trotten dem Zug hinterher. Die Kamele und Pferde hinken.

Die Menschen brennen in der grellen Wüstensonne vom Gesicht her ab. Aber kein Tier bleibt zurück, kein Mensch jammert.

Alle nutzen sich ab, die Tiere an den Hufen, an den Sohlen und die Menschen an den Nasen, an den Lippen. Sehen verkohlt und abgemagert aus, sind physisch geschwächt, psychisch aber gestählt. Die lebensfeindliche Steinwüste schweißt Tiere und Menschen endgültig zu einem Körper zusammen.

Eine meiner Aufgaben ist Lumpensammeln. An Winterlagern, Siedlungen kann ich nicht mehr vorbeifahren, ohne in den Abfallhalden zu stochern. Filz-und Kleiderreste, Stiefelschäfte und Felle klopfe ich aus und lade sie ein. Den heutigen Abend widmen wir den Kamelen, Experimente laufen. Die einen bestreichen die Kamelsohlen mit zerlassenem Teer, dieses Experiment wird zum dritten Mal wiederholt, obwohl es vorher zweimal fehlgeschlagen ist. Die anderen flicken die Sohle mit Fell und Leder. Die Dritten beschuhen die Füße. Die Wunden werden mit erhitztem Hammelschwanzfett bestrichen und angebrannt. Da Experiment eins erneut fehlschlägt, kombinieren wir es mit Experiment drei: Die Lumpen und Fellreste werden mit Teer bestrichen, und dies mit gutem Ergebnis.

*29. Juni*

Ruhetag. Aktion Hufgummi dauert achtzehn Stunden, und hundertachtzig Pferde sind beschlagen. Autoreifengummi wird ausgeschnitten und mit je vier Tischlernägeln an der Hufsohle angebracht. Das ist eine Erfindung der Karawane. Während die Männer in drei Gruppen ihr erklärtes Ziel erreichen, die Pferdeherde zu behufen, waschen, flicken und kochen die Frauen. So mag es vor Jahrhunderten auf Kriegszügen ausgesehen haben, und wir sind eine Hundertschaft, die vom Willen durchdrungen ist, unbedingt zu siegen.

### *30. Juni*

Doshlaa hat meinen rotbraunen Wallach bis an den Rand des Todes geschunden. Die Herde, ohnehin für das arme Volk gekauft, dient ihm seit Tagen und Wochen als Reittiere, obwohl er selber eine stattliche Anzahl von guten Pferden hat. In dem zweiundzwanzigjährigen Burschen muß eine starke Gier nach fremdem Eigentum wohnen und wüten, großer Himmel! Das schwankende Pferd müssen wir nun auf Chemes Auto verladen, es liegt darauf gefesselt, und neben ihm stehen vier Fohlen, die trotz Beschuhung nicht mehr laufen können.

Wir müssen uns am See Gümbert niederlassen, obwohl die Sonne noch in ihrem Zenit steht. Diese für Mensch und Tier ein wenig überraschende Entscheidung, da wir erst knapp dreißig Kilometer zurückgelegt haben, kommt daher, daß zwei Reifen am Anhänger hinter dem Monstrum fast gleichzeitig platzen. Aldar, dessen daraufgehäufter Millionenwert immer wieder in Gefahr kommt, steht zu unglücklich da, als daß ich ihn in der öden Steppe unter der sengenden Sonne zurücklassen kann. Mit einem Mal wird mir bewußt, daß Besitz den Menschen eher unglücklich macht als glücklich. Ja, wir beide haben es am schwersten während der ganzen Karawane; wir müssen uns um dieses und jenes kümmern, täglich und stündlich und haben Sorgen und müssen auf der Hut bleiben rund um die Uhr, während die Besitzlosen wenigstens sorglos dahinleben dürfen. Cheme muß den armen Millionär mit meinem Jeep sechzig Kilometer bis zur nächsten Kreisstadt fahren, wo er bei einem Traktoristen zwei kahlgefahrene Reifen für den Preis ladenneuer kaufen muß.

Ein Jeep kommt, und wer da fährt, ist ein Lama mit Frau und Kindern. Seine Heiligkeit bringt mir Chadak und Geschenke dar, lobt meine Taten mit ausgewählten Worten, die mich wenig überzeugen.

### *1. Juli*

In der Nacht sind von meiner Herde drei Reitpferde weggekommen. Nachforschungen ergeben, daß einer der eigenen Leute sie entführt hat. Seltsam, ich bleibe bis auf Herz und Nieren ruhig, denke lediglich den inzwischen nicht mehr neuen Gedanken, daß man etwas besitzt, um unglücklich zu werden.

Der Rotbraune erholt sich nicht mehr. Ich muß ihn hier lassen, tausche ihn gegen eine Lassoleine aus Yakleder. Dörbeten leben hier. Auf den ersten Blick wirken sie unhygienisch und unordentlich, sind aber sehr herzliche Menschen, die die Gastfreundschaft bis zu einem Kult pflegen. Gerade sie bereiten einen noch besseren Tee als selbst Kasachen und Tuwiner, die als die größten Teespezialisten gelten. Und eine große Portion Schläue steckt hinter der Herzlichkeit.

*2. Juli*

Die Dürre ist permanent. Die ganze Westmongolei ist davon heimgesucht, erfahren wir. Sand und Kies glühen, so wird ein jedes Lebewesen von oben und unten erhitzt und aufgerieben. Ja, selbst die Luft wirkt schneidend und reibt auf. Die Dürre dringt in jede Hautpore ein, bleibt im Blättermagen sitzen, sie verbrennt. Ein jeder Körper droht anzubrennen, ein jedes Leben auszugehen. Nach gut vierzig Kilometern erreiche ich einen Gletscherfluß, lasse mich nieder. Chefs zweier angrenzender Kreise fahren vorbei. Sie haben sich an der Furt getroffen und die Begegnung, wie denn anders, begossen. Sie werden laut und umständlich, als ich hinkomme, denn gerade wollen sie sich über uns unterhalten und gesagt haben, die abgemagerten Kamele würden die gefürchteten Sandsenken unmöglich überwinden können. Die Karawane muß die Seelen beschäftigen!

*3. Juli*

Ruhetag. Fahre mit demjenigen zurück, den ich des Diebstahls an meinen beiden Pferden verdächtige, suche die Gegend ab, erzähle dem möglichen Dieb aber mehr über meine Freuden und Schmerzen.

»Alles, alles habe ich nur für euch gekauft, wenn ihr wollt, könnt ihr die Gäule heute noch verteilt kriegen!« sage ich. Der gute Mann schwitzt nur und sagt: »Ich verstehe nicht, Sie geben und geben, doch die Antwort der Leute ist, daß sie Sie bestehlen!«

Treffe Leute und unterhalte mich mit ihnen über dieses und jenes. Muß endlos viele Fragen beantworten, Gedichte vortragen. Man meint, der Diebstahl würde unbedingt an den Tag kommen, da das tuwinische Brandzeichen mit dem offenen Bogen in der hiesigen Ecke unbekannt sei. Fahre insgesamt hundertzwanzig Kilometer und komme ohne Erfolg, aber zufrieden zurück: Es ist wenigstens eine gute Fahrschule gewesen!

Bringe zwei Männer, die sich gestern wegen eines Vorjahresfohlens in Gegenwart von Fremden prügeln wollten, vor den Ältestenrat. Einer der Männer ist der Geizhals Paawaj, der nun gesagt bekommt, sollte solches wieder vorkommen, werde er aus der Gemeinschaft ausgeschlossen. Das Team gibt dem Karawanenvolk ein Essen, das aus zwei Hammeln besteht. Die frische Brühe ist für die körperlich geschwächten Menschen die beste Medizin. Jeder versucht seinen Dank in ausgesuchten Worten auszudrücken, und jede alte Sprache hat viele ausgesuchte Worte.

### *4. Juli*

Brechen früh auf, da wir inzwischen wissen, daß heißer Sand schwer zu überwinden ist. Am Himmel segeln mittelgroße, graublaue Wolken. Glücklich über jeden Wolkenschatten, der uns in der endlosen Sandsenke trifft, kommen wir recht und schlecht vorwärts. Am Nachmittag fahre ich vorneweg auf

Suche nach Wasser und finde einen wasserführenden Kanal aus sozialistischen Zeiten. Und dort lasse ich mich nieder. Später erscheint die Limousine mit drei Deutschen, und wir zelten schon und tragen sogar Brennbares zusammen. Allein die Karawane kommt und kommt nicht. Dafür kommt Cheme gefahren, den ich mit seinem Auto auf einem Hügel gelassen habe, als Orientierungszeichen wie tagtäglich. Nun erfahre ich, daß sich die Karawane auf einen anderen Weg, weiter nach links, begeben hat. Vielleicht hat man das Auto nicht gesehen? Nein, ausgeschlossen, meint Cheme. Er hätte gehupt und sei hin und her gefahren.

Der Jähzorn bricht aus mir heraus: »Verfluchtes Pack!« brülle ich. »Man kann sich noch so sehr abschinden seinetwegen, aber nichts, nichts vermag es von der angeborenen Blödheit abzubringen! Das ist wohl die Strafe für die Freß- und Saufsucht ihres Schweinemagens und die Leere und Schwere ihres Eselskopfes! Der Blitz kann mich erschlagen, ich aber werde mich heute hier nicht rühren!«

Sitze eine, zwei Stunden und rühre mich nicht. Die Sonne geht unter. Der Rest des Teams taucht auf. Luck ist wütend, stellt sich über mich und zischt feindselig: »Was soll das bedeuten, ist das beabsichtigt?«

Seltsam, ich bleibe sitzen, bin die Ruhe in Person, schaue auf seine schweren, halb zu Fäusten geballten Hände. Nicht Angst, sondern einfach die Überlegung ist es, die mich zurückhält. So schaue ich auf die geröteten Hände mit den angeschwollenen Adern und denke: Sie könnten mich schnell erschlagen. Der hat die richtigen Totschlägerhände, präzisiere ich den Gedanken. Dabei ertappe ich mich, auf den Kampf längst vorbereitet, die rechte Hand auf dem Griff des Dolches. Keinen Augenblick lang habe ich vorher daran gedacht, mich zu verteidigen oder jenen umzubringen. Der Instinkt ist es wohl. Für den Fall, daß mein Gegenüber die Dummheit begeht, die Hand gegen mich zu erheben, bin ich für diese Dummheit also bereit, die gefährliche Waffe einzusetzen. Den erbosten Mann im Blick denke ich höhnisch: Du denkst wohl, nur du hast vielgerühmte Mörder als Vorfahren? Nein, ich stehe dir in nichts nach, böses Mörderblut kreist auch in mir, und das Gedächtnis, das in meinem für dich vielleicht klein erscheinenden Körper ruht, wird schon wissen, dir jeden Schlag zu vergelten und zwar blutig, mein Bürschlein! »In all den Tagen darf doch einmal so etwas vorkommen«, sage ich leise und friedfertig. Meine Hand ist längst weg vom Dolchgriff. Luck schüttelt die Fäuste, läßt von mir ab und geht auf das Zelt zu, das aufgeschlagen auf ihn wartet. Sogleich bauen wir die Zelte ab, laden sie auf, fahren ab und finden die Karawane bei der Ankunft am linken Ufer eines Flusses.

Die Wolken, die sich inzwischen verdichtet und verdunkelt haben, sind näher gerückt, hängen tief. Vielleicht gibt es endlich Regen, ach, das wäre schön! Denn nur Feuchtigkeit könnte den Sand besänftigen.

## *5. Juli*

Ein jeder muß ein schlechtes Gewissen gehabt haben. Das Lager erwacht früh, und sogleich beginnt die Arbeit. Alles geht wie von selbst. Das Team ist bis Mitternacht auf dem LKW zusammengehockt und hat auf das Süppchen gewartet, erfahre ich. Ich habe geschlafen. Was ich mitbekommen habe, ist, daß ein trockenes Gewitter vorüberzog. Ein paar Tropfen sind doch niedergegangen in der Nacht. Das merken wir nun, denn das Element Sand ist heute nicht ganz so wild und feindlich wie an vorhergehenden Tagen.

Sind vierzehn Stunden unterwegs und kommen am Spätnachmittag am Fluß Schiwer an. Großer Himmel, es ist ein wildes, grausiges Wasser! Zwei große und vier mittlere LKW stehen am jenseitigen Ufer und ein Zehntonner, ein lackneuer MAS, sitzt inmitten des Flusses. Das Wasser klettert weißschäumend bis auf die oberste Ladung in zwei Meter Höhe und stürzt sich dann von der anderen Seite krachend herab. Bei dem Bild wird mir übel, ich gehe in die Knie, möchte sitzen bleiben und am liebsten heulen. Das Flußbett ist vollbesät mit großen, rundgeschliffenen Geröllsteinen, die Strömung ist mächtig. Was machen wir nun mit unseren abgemagerten, hinkenden Herden und mit der armseligen Limousine?

Die Fahrer rufen herüber: »Sinnlos!« Dabei scheinen sie geringschätzig auf unsere Fahrzeuge zu schielen. Das aber weckt den Trotz in mir. Ich erhebe mich und sage zu den Söhnen: »Ihr zieht euch aus, geht Hand in Hand ins Wasser und sucht nach einer Furt. Ich werde mich nach einer Ecke umschauen, die man aufreißen und das Wasser wenigstens zu einer Hälfte ableiten kann. Darauf rücken die Söhne dem Fluß ans Wasser, waten Hand in Hand durch den Fluß, in der anderen Hand stützt jeden ein dicker Stock. Ich gehe etliche hundert Meter flußaufwärts, finde einige Stellen, wo man einen Graben ziehen und das Wasser abzweigen könnte. Die Karawane hat mich zu manchen Erfindungen gezwungen, und warum soll mir nun dies nicht gelingen, überlege ich. Einen ganzen Tag, meinetwegen drei Tage, ja selbst eine ganze Woche dürfen und müssen wir in Kauf nehmen, sonst werden wir hier übersommern oder den Fluß umgehen, dann aber müßten noch tausend Kilometer zusätzlich zurückgelegt werden. Die Sonne geht unter. Bin entschlossen, gleich morgen früh mit dem ersten symbolischen Spatenstich selber anzufangen und darauf die gesamte menschliche Kraft in die Aushebung eines Grabens einsetzen und damit dem Schicksal wieder einmal in den Rachen zu greifen. Bin überzeugt, daß das schnelle Wasser in meinen Graben einspringen wird, sobald ich den Bogen am linken Ufer aufreißen lasse. Zu dieser Zeit aber muß alles, was Beine und Räder hat, dicht am Fluß sein. Da aber kommen die Söhne, blaugefroren an den Beinen und glücklich auf den Gesichtern »Wir haben sie gefunden!« »Was ist sie?« »Die Furt!« Dann zeigen sie mir, wie man fahren muß: etwa hundertfünfzig Meter immer entlang des Flußbettes.

*6. Juli*

Verbringe die Nacht dennoch mit offenen Augen. Um vier wecke ich das Lager. Um sechs steht alles am Fluß, wir sind in Eile, da die Gipfel der Schneeberge über uns längst in brodelnden schwarzen Wolken stecken. Der Wasserstand darf auf keinen Fall steigen, wir müssen über den Fluß sein, bevor das Gewitter hereinbricht. Die Kühlungsventilatoren an den Autos werden abgestellt. Mir fällt die schwere Aufgabe zu, vornewegzufahren, da das gefährdete Glied, die Limousine, am besten in der Mitte ist. Bevor ich mich ans Ruder setze, wiederhole ich alles, wie ich mich auf der Fahrt zu verhalten habe: drei Schritt einfahren, nach links, auf die weiße Klippe geradeaus zugehen, fünf Schritt davor nach rechts, aber nach anderthalb Schritt schon wieder nach links, auf die Insel zu, und ist sie erreicht, dann in einem leisen Bogen nach rechts, bei all dem gleichbleibendes Gas und für den Fall, daß der Motor ausgeht, alle Türen aufstoßen.

Die Söhne schieben, und diese Geste gibt mir doppelten Halt. Die Überfahrt dauert vielleicht drei Minuten, aber wie ich dann auf dem anderen Ufer stehe und aussteige, spüre ich, der Mund ist mir so trokken, daß die Zunge am Gaumen klebt. Dann sehe ich die Limousine losfahren, und gleich darauf folgt ihr der LKW. Das kleine Auto gleicht einem Boot, es schwimmt, läßt sich stromabwärts treiben. Da aber geschieht, daß es zu sinken beginnt und schließlich stehenbleibt; zuerst gehen die linken, darauf die rechten Türen auf. Weißschäumende Wasserlawinen strömen durch diese hindurch. Der LKW fährt dicht an ihm vorbei, Altaa schnappt nach der Leine, die ihm oben Sitzende zuwerfen, und macht sie an den Puffern fest. Der LKW fährt langsam weiter und das Auto-Boot bewegt sich, kommt wieder ins Schwimmen, und nun gibt es kein Stocken mehr.

Ich stehe da, zittere und bete zum Himmel, zum Fluß, rufe alle guten Geister herbei und spüre am Ende wieder einen holztrocknen Mund.

Die angeketteten Kamele werden von Reitenden auf unseren Fahrspuren geführt, die losen versuchen querdurch zu gehen, werden aber vom Wasser fortgerissen und schwimmen. Ähnlich ergeht es den Pferden, die Fohlen gleichen Enten, jagen an den ausgewachsenen Tieren vorbei, kommen dabei aber doch Stück für Stück vorwärts.

Ich weine, viele weinen; ich tue es vor Freude. Andere tun es vielleicht aus Mitleid mit den Tieren, vor allem mit den gegen die Strömung kämpfenden Tierkindern und den Tiermüttern, die in panischem Lärm entlang des Flußufers hinter ihren forteilenden Kindern herstolpern. Die Flußüberquerung dauert zwei Stunden. Sprachlos schauen auf uns die Fahrer und Passagiere der mächtigen Autos, die seit vorgestern hier sitzen. »Wir glauben an ihn«, sagt einer von uns und deutet nach oben, »und er steht uns auch bei!« »Wir eigentlich auch!« ruft einer auf der anderen Seite.

»Was heißt hier eigentlich? Dort, wo es um den Himmel geht, ist kein Platz für überflüssige Worte!«

Meine Herde bekommt Zuwachs. Die große dunkelbraune Stute fohlt, ein Hengst. Dies geschieht in dem Augenblick, als die Pferdeherde zusammengedrängt am linken Flußufer steht. Wohl ist die Aufregung für die trächtige Stute zu groß gewesen.

Wieder sollen zwei Pferde aus meiner Herde fehlen. Das wird mir mitgeteilt, während ich das gerade über den Fluß herübergetragene Fohlen in Empfang nehme und den zittrigen, nassen Leib mir an die Brust drücke. Die Nachricht trifft mich zwar ins Ohr, geht mir aber am Herzen vorbei. Das Erstlingsfohlen und unsere glückliche Überfahrt entschädigen mich für jeden Verlust!

Erreichen den See Atschit und damit die Grenze des Bezirkes Bajan-Ölgi. Nun können wir im doppelten Sinne des

Wortes »unsere Erde« sagen und denken. Und dort erwartet uns die größte Überraschung. Eine zwanzigköpfige tuwinische Delegation wartet dort auf uns, mit einer aufgestellten Jurte, einem lebenden Hammel, Milch, Kumys, Aragy, Käse, Gesang und Musik, mit allem, was zu einem würdigen Empfang gehört. Die Delegation steht schnurgerade mit Chadak und Milch, die Gesichter lachen, die Augen tränen, als ich aus dem Auto aussteige und auf sie zuschreite. Mir wird ein wenig schwindlig.

*7. Juli*

Aldars Auto ist wieder kaputt. Erneut das alte Affenspiel und Ammenmärchen über gutes Weidegras, doch habe ich diesmal Verbündete, am mächtigsten unter diesen Hundertbillionen von Mücken. Wir werden zur Flucht getrieben. Die Delegierten begleiten uns ein Drittel des Weges, fahren dann ab. Vorher werden sie auf Kamelen und Pferden mit dem Karawanenvolk gedreht. Singen das Karawanenlied, das uralt sein muß und aus dreihundert Strophen bestehen soll. Die Heutigen verfügen über ein schwaches Gedächtnis, kennen nur einen Bruchteil davon. Papisan, der zweitälteste Sohn vom Bruder Badar, ist einer der größten Sänger der Nomadenwelt überhaupt. So glänzt er als Star im Mittelpunkt der öffentlichen Aufmerksamkeit. Eine Delegation aus der Republik Tywa erreicht uns. In den Augen der wildfremden Menschen stehen Tränen, während sie auf die vorüberziehende Karawane schauen. Sie überbringen die Grüße des zweihunderttausendköpfigen Volkes der Tuwa, unter anderem auch Grüße und persönliche Geschenke des Präsidenten der Republik, Scherig-ool Disikowitsch Oorshak. Die Flasche russischer Wodka in der schweren, vollbepackten Kiste, die an einem anderen Ort so schlecht als Geschenk einer offiziellen Persönlichkeit gepaßt hätte, erscheint mir seltsamerweise als Zeichen einer tiefen Herzlichkeit.

Weitere Grußbotschaften erreichen uns von der Bezirksleitung, der Kreisleitung und einer Sänger- und Tänzergruppe aus dem mongolischen Theater im Bezirk und des Kreises Nogoonnuur, auf dessen Territorium wir uns gerade befinden. Und ein jeder bringt uns nach der hiesigen Sitte einen lebenden Hammel.

Besonders wichtig finde ich die Gesten der Offiziellen, da wir auf diese Weise nun friedlich und wohlwollend aufgenommen werden.

Dieser Empfang von seiten hochrangiger Kasachen ist die eindeutigste Antwort auf die gemeinsame Frage bei vielen Interviews, die ich in den letzten Monaten geben mußte. Daß ein hoher kasachische Chef irgendwann mit einem Chadak auf mich zukommen würde, daran hätte ich nie gedacht, nun aber haben mich ein Stellvertreter des Bezirkschefs und zwei Kreischefs persönlich begrüßt und als den höchsten Vertreter eines gleichberechtigten Volkes behandelt – was willst du mehr?

Auch Gäste aus dem in diesem Augenblick wirklich sehr fernen Europa sind gekommen: Klaus und Barbara aus Dresden. Sie sind seit Wochen unterwegs, je näher sie an uns rückten, umso beschwerlicher ist der Weg gewesen.

Am Osthang des Schwierigen Passes wird ein seltsames Konzert gegeben. Die Kamele, Pferde und Hunde sind genauso dankbare und aufgeregte Zuhörer wie die Menschen.

### *8. Juli*

Nun weiß ich, weshalb der Paß der Schwierige heißt. Ganze acht Kilometer fahre ich mit dem ersten Gang. Und nach dem ersten Viertel bleibe ich stehen und jage alle, die mitfahren, weg, da ich denke, wer weiß, was alles noch passiert! So bleibe ich mit meiner kranken Alten allein und bewege mich auf dem steilsten Fahrweg, den ich kenne, Meter um Meter vorwärts.

»Nur« siebenunddreißig Kilometer zurückgelegt, aber wieviel Schweiß mußte jeder Schritt durch die Steinwüste der Bergwelt Mensch und Tier heute kosten!

Es regnet. Die Dürre, der langsam verbrennende Brand, wird ausgelöscht. Himmel und Erde atmen vor unseren Augen auf.

»Die Karawane hat den Regen mitgebracht!« sagen die Menschen. Ein Grund mehr, uns nicht nur zu ertragen, sondern gern zu haben – wie gut!

### *9. Juli*

Ruhetag, hoffentlich der letzte! Der Regen, der gestern Nachmittag angesetzt hat, kann nicht mehr aufhören. Lächelnd lebt man. Jeder Gedanke nimmt seinen Anfang damit, daß der lang- und schwererwartete Regen da ist. Fahre in aller Frühe mit den beiden Fohlen zurück, deren Mütter bis jetzt nicht angekommen sind. Erfahre, daß der Nachtwächter Sogtugerel, der Säufer aus der Sippe Badar, die Herde auf dem Paß einfach hat stehen lassen und selber auf Suche nach wer weiß was geritten ist.

### *10. Juli*

Nun dürfen wir uns das leisten: Überwinden drei hohe Bergrücken, schleppen uns fünfundfünfzig Kilometer weit, kommen in Bilüü an. Eigene Erde, eigene Winde, nur Wohlvertrautes umgibt einen. Weitere Tuwiner kommen, sie wollen die Karawane auf der letzten Strecke begleiten, wollen uns über die Schwelle unserer Großen Jurte, der Hoch-Altai-Steppe, hinübergeleiten. Am späten Abend setzen wir uns zur letzten Beratung zusammen. Schlage zweierlei vor: Erstens: Alle Kamele anketten und in eine Reihe bringen, Zweitens: In der Senke vor dem Chaaktyg-Paß alle vom Pferd und Kamel absteigen und mit dem Opferstein in der Hand auf den Owoo zugehen. Beide Vorschläge werden einstimmig angenommen und mit viel Emotion begleitet. Grell brennen die Blicke aus den dunkelgebrannten, abgemagerten Gesichtern.

### *11. Juli*

Es geschieht, wie ich gedacht habe: Keiner muß den anderen wecken heute. Auch muß keiner keinen vorantreiben. Der Nieselregen, mit dem sich die Nacht verabschiedet, wird mit Freude wahrgenommen: Gute Geister gehen und kommen mit

Regen. Später wird die östliche Hälfte des Himmels und der Erde von der Sonne beschienen, und auf der nördlich-westlichen bleibt der Regen, so daß die Karawane wie entlang einer Trennwand zieht. Die Altai-Welt hält uns einen großen, stillen blau-grünen Tag entgegen. Daß Lerchen und Heuschrecken, selber unsichtbar, zwitschern und zirpen, stört die Stille nicht, sondern wirkt wie der Pulsschlag der Stunde.

Die Eile, die mich seit Monaten gleich Feuer gepeinigt und vorangetrieben, scheint erloschen; körperhaft deutlich empfinde ich in mir Ruhe und schaue gelassen auf die vorüberziehende Karawane. Mit derselben milden Gelassenheit streift mein Blick die kleine Mannschaft innerhalb der großen wie das Gelb im Ei, und ich fühle mich vor eine Bilanz gestellt, die gezogen werden muß.

Der Hang zum Ich-Kult, der Glaube, sich anderen gegenüber ständig behaupten zu müssen, macht den weißen Menschen in unserer Welt schwach, macht ihn für die umgebende Welt schwer erträglich. Eingedenk dessen habe ich zu der fremden Insel von Anfang an einen Abstand zu wahren und mir einen Puffer zwischen ihr und mir zu schaffen versucht. Und diesen habe ich unter dem leidenschaftslosen Wort Hilfsdolmetscher untergebracht.

Mein guter Zogi: Ein Künstler mit allen Schwächen und Stärken, ein Mann mit reichlich sechzig Jahren auf dem Buckel, mit dem Feuer eines Zwanzigjährigen im Herzen; eitel und schlau, aber herzlichund gütig und so im Endergebnis liebenswürdig; geschwätzig und vergeßlich, aber fleißig und ordentlich und in der Summe durchaus erträglich, hat er mir als Trennwand, Handschuh und Blitzableiter gedient, ist einer meiner Schutzgeister gewesen.

Deshalb wohl bin ich von seiten der Deutschen nicht ernstlich verletzt worden. Die kleinen Kurzschlüsse haben mich schlimmstenfalls am Außengewebe meiner Haut getroffen. Andererseits habe ich keine Sekunde lang die Absicht gehabt, einen aus der anderen Kultur zu verletzen, und sollte sich einer dennoch verletzt fühlen, täte es mir sehr leid.

Gerade sie, die fremden Deutschen, sind mir neben den beiden Söhnen, die ihrem Vater wie zwei Hände und zwei Füße, zwei Augen und zwei Ohren dienten, in meiner gefährdeten Welt zuverlässige Stützen gewesen. Und ich weiß, mit jeder in gemeinsamer Arbeit belichteten Filmkassette haben wir etwas geschaffen, das die Zeit überdauern und von der gehenden Kultur der Nomaden Zeugnis geben wird und damit der Menschheit, welche in ihrer Gesamtheit nicht weniger gefährdet ist als mein anfälliges und zugleich unfertiges kleines Volk, manche Sinnesnerven frisch erhalten wird.

Zur Mittagsstunde erklettert die Karawane den Hang zum Chaaktyg-Owoo. An der Spitze schreite ich, in der Linken den Nasenstrick eines Kamels und in der Rechten drei helle Steine, entnommen verschiedenen Regionen der Erde: den runden, speckweißen einem Brusthügel inmitten der Gobi, den ovalen, mit rötlichen Fäden durchzogenen dem Osthang zum großen milden Chöch-Chötöl und den flachen mit dem bläulichen Flecken auf der Wind-und-Wasserseite dem Westufer des kleinen, wilden Schiwer. Nun drücken sie, Steine dreier Orte und Zeiten, schwer gegen meine flache Hand. Es kommt mir vor, als läge in ihnen die Weite des Weges und die Schwere der Tage und Nächte, die unendlich schienen, nun aber überwunden und verronnen sind.

Die Pferdehirten verletzen die vorher festgelegte Ordnung: Sie holen die Karawane ein, jagen in wildem Trab links an ihr vorbei, die Erde dröhnt und zittert, auch der Himmel mit den kantigen rötlich-weißen Wolken scheint zu schwanken angesichts der wimmelnden, vibrierenden Herde. Ein Gemisch von Gerüchen, Lauten und Farben erfüllt den Raum und die Zeit.

Erneut kommt mir mein Leben wie ein Märchen vor. Habe unendlich lang gelebt, lang und hell und ständig zum Bersten voll. Habe mir für keinen Zeitbruchteil Ruhe gegönnt. Und alles, was ich mir vorgenommen, ist in Erfüllung gegangen. Daher wohl habe ich nirgends ein abschließendes Ende gefunden, denn die Ankunft an jedem Ziel hat weitere Türen aufgestoßen, durch die ich hindurch mußte. So scheint es auch jetzt zu werden. Das Volk, das ich hergeführt habe, muß satt und zufrieden leben, und es wird unter meine Aufgaben fallen, dies zu erreichen.

Ein Betrieb ist auf dem Bergsattel: Ein gutes Dutzend Fahrzeuge, etliche Dutzende gesattelte Pferde, Hunderte von Menschen in einem weiten Bogen um den Owoo erfassen meine Augen. Und der Owoo ruht, rauchend und wartend, gleich einer Jurte, zottig und grau, wie eine Mutter. Eine halbe Stricklänge vor ihm entdecke ich meinen Bruder Galkaan. Das Gesicht der ankommenden Karawane zugewandt, verspritzt er mit einem dichten Wacholderzweig Milch aus dem winzigen Holzkrug, aus dem die Eltern ein Leben lang Milch verspritzt haben. Ich nehme seine hastige Bewegung wahr, vernehme seine weinerliche Stimme: Göwüngnü bir öörttüng, ej baj Aldaj!

Gleich Zwillingslämmern taten wir Seite an Seite unsere ersten Schritte durchs Leben, und das kommt mir wie gestern erst vor, sehe aber in diesem Augenblick seine silbergrauen Schläfen vor mir, die unter der Helmmütze herauslugen wie Grasbüschel des Vorjahres. Ich komme am Owoo an, lege meine Steine darauf, behutsam, einen nach dem anderen, wie wertvolle, schwere Lasten.

Ich spüre eine Erleichterung, die in Schwäche umschlägt und darauf einen Krampf in mir auslöst. Ich sinke auf die Knie und schluchze laut bei vollem Bewußtsein, glücklich über die Tränen, die, wie mir vorkommt, brühheiß über die erhitzte, verschwitzte Haut hinabrinnen. Es ist vollbracht, denke ich. Die einhundertfünf Tage und Nächte entlang der Wüste und Steppe und Taiga und Berge sind zu Ende.

Später höre und sehe ich alle im Chor weinen. Ausgelöst hat diese allgemeine Rühr- und Glückseligkeit Rainer Kling, der Kameramann, in dem er gesagt hat: »Wahnsinn, die Karawane ist zu Ende, morgen werden wir nicht mehr ziehen!«

# Epilog

Ich wollte Geschichte machen. Nun ist sie gemacht. Aber die Karawane, die lange genug gedauert für jeden ihrer Teilnehmer, ist lediglich ein winziger Tropfen im Zeitmeer der Geschichte, eine Seite nur im Geschichtsbuch. Die einen schreiben die Geschichte mit Blut, die anderen mit Tränen. Die unsrige ist mit Schweiß geschrieben, und ich will hoffen, es bleibt dabei. Mein auseinandergescheuchtes Volk habe ich gesammelt und in die angestammte Heimat zurückgeführt. Dies wird mich im Gedächtnis der Nachwelt mit dem biblischen Moses in eine Verwandschaftsnähe rücken.

Die dunkelroten Gobikamele inmitten des gletscherhellen Altai werden gleich einer Herde von Meteoriten der sichtbare Beweis für die Karawane bleiben. Sie sind auch das Denkmal, das ich mir schamlos gesetzt habe und das von anderen für andere gesetzte Denkmäler aus Stein, Beton, Eisen und meinetwegen auch aus Gold, überdauern wird.

Die Karawane hat die Tuwiner über eine große räumliche Entfernung in ihre Ecke zurückgebracht. Aber es ist auch eine große zeitliche Entfernung, über welche sie hinweggesetzt wurden. Das Volk, das, dem Druck nachgebend, den ihm zustehenden Lebensraum räumen mußte, ist nun zurückgekehrt zu seinem historischen Rivalen. Der Tuwiner und der Kasache können und dürfen nicht voneinander ablassen, auch dann nicht, wenn eines Tages der eine den anderen tatsächlich um alles bringen sollte, wie jeder es sich heute gerne wünscht. Der Gehende wird dem Bleibenden dieses alles mit der Schande zurücklassen, die jeden Sieg zu einer Niederlage machen wird. Denn sie sind durch den Altai verbunden, und das ist ein starkes Band. Aber das ist dennoch nicht alles. Der Kasache und der Tuwiner sind nicht nur Rivalen, sondern auch natürliche Verbündete gegen die Übermasse, vor welcher der eine wie der andere den Makel nie loswerden wird, Minderheit zu sein. Unsere Geschichte, in gemeinsamer Arbeit geschrieben, allzuoft aber von jedem anders gelesen, hat auch häßliche Seiten. Doch ist dies bei weitem keine häßliche Geschichte, denn ein Karabach ist uns bisher ferngeblieben.

Eine sonnenrote Jungstute wurde mir von der höchsten kasachischen Leitung im Ort als Chadak dargebracht. Eine Urkunde begleitet das edle Geschenk, und darauf steht geschrieben: Für das Verdienst bei der Festigung freundschaftlicher Beziehungen zwischen dem kasachischen und dem tuwinischen Volk.

Die neunziger Jahre haben beide hart geschult. Das Leben geht weiter. Also wird mit dem Abschluß einer Sache die Geschichte nicht zu Ende gehen, die zu schreiben ich mich erdreistet habe. Die wertvollste Lehre, die mir die letzten Jahre und Monate gebracht haben, ist: Das Schicksal duldet keinen Zahmen, es will ihn plattwälzen. Ich werde bei allem Frieden, den ich nach außen pflegen muß, nicht aufhören, nach der Wildheit in mir zu schüren, auf das Schicksal zuzugehen und bei Notwendigkeit ihm, wie der große Meister es einmal genannt hat, in den Rachen zu greifen.

# Worterklärungen

*Ail* mong., kleinere Jurtensiedlung, Jurtengehöft

*Aragy* tuw., alkoholhaltiges Getränk aus vergorener Milch

*Archi* mong., aus vergorener Stutenmilch (Kumys) destillierter Branntwein

*Ardyn Erch* mong., »Volksrecht«, Tageszeitung der mongolischen Regierung

*Bag* mong., kleinste Verwaltungseinheit in der Mongolei

*Baj* turkspr., Reicher, Herr

*Birid* mong., Bezeichnung der in der Hölle lebenden Hungergeister mit riesigem Bauch und winzigem Mund; als Schimpfwort übertragen verwendet für raffgierige Menschen

*Chadak* Segensschärpe aus blauem, weißem oder gelbem Tuch

*Chalcha* Fünfzig Prozent der mongolischen Bevölkerung gehören dem Chalcha-Stamm an

*Darga* mong., Vorsitzender, Vorsteher

*Deel* mong., traditionelles mongolisches Gewand

*Dombra* kasach., zweisaitiges Zupfinstrument

*Dörbeten* einer der westmongolischen Stämme

*Er char sur* mong., »Männlich schwarzes Leder«, Gedichtband in Mongolisch

*Göwüngnü bir öörttüng, ej baj Aldaj!* tuw., Du hast deinem Volk eine Freude bereitet, reicher Altai!

*Gumiljow* russischer Historiker und Asienwissenschaftler, der die Mongolen gegen die Großmachtpolitik der Sowjetunion verteidigte

*Igil* tuw., zweisaitiges Streichinstrument aus Holz, dessen Bogen mit Pferdeschweifhaaren bespannt ist

*Kumys* turkspr., vergorene Stutenmilch, die berauscht, erfrischt und heilt

*Örtöön* mong., Pferdepoststation, von Nachfolgern Tschingis Chans eingerichtete Stationen des Nachrichten- und Postdienstes; der Abstand zwischen zwei Örtöön betrug ca. dreißig Kilometer

*Owoo* mong., Opfer für den Ortsgeist aus aufgehäuften Steinen; die Sitte gebietet jedem Vorüberkommenden, einen Stein dazuzulegen

*Piska* russ. pisda, Möse; Wortspiel

*Rijka* tuwinischer Name für Erika Taube; sie studierte Sinologie und Tibetologie, arbeitet seit den sechziger Jahren auf dem Gebiet der Mongolistik und zentralasiatischen Turkologie; 1966 begann sie ihre Feldforschungen zu Sprache, Kultur und Volksdichtung der Tuwiner, denen ihre wissenschaftlichen Arbeiten und Publikationen seit den letzten zwei Jahrzehnten hauptsächlich gelten

*Sechsundsiebzig Puppen* Das mongolische Parlament hat sechsundsiebzig Senatoren

*Süchbaatar* 1893 bis 1923, Volksheld, Anführer der mongolischen Volksrevolution, mit deren Sieg 1921 die Grundlagen des modernen mongolischen Staates gelegt wurden

*Tugrik* mongolische Währung

*Urianchai* nationale Minderheit in der Westmongolei; ethnisch handelt es sich um Tuwiner, die ihre Muttersprache zugunsten des Mongolischen aufgegeben haben

*Zedenbal* 1916–1991, von 1940 bis 1984 pro-sowjetischer Führer des mongolischen Staates; er wurde vom Kreml abgesetzt und mußte die letzten sieben Jahre seines Lebens in Moskau unter Hausarrest verbringen

# Über die Tuwiner

Die Tuwiner sind ein turksprachiges Volk, dessen Wurzeln weit in die Vergangenheit zurückreichen.

Das Wort Tywa findet sich möglicherweise bereits im Namen des zentralasiatischen Toba-(Topa)-Reiches (2. bis 4. Jahrhundert). Vorläufer der späteren tuwinischen Stämme gehörten zweifellos in den Verbund der beiden alttürkischen Reiche in Zentralasien und des Mongolenreichs. Seit Ende des 18. Jahrhunderts wird der Stammesname Tywa für die Gesamtheit jener Stämme verwendet, die an der Herausbildung des heutigen tuwinischen Volkes beteiligt waren.

1989 lebten ca. zweihunderttausend Tuwiner in der Russischen Föderation, der größte Teil davon in der Republik Tywa im Süden Sibiriens (1921 Volksrepublik Tannu-Tuwa, 1944 Tuwinisches Autonomes Gebiet der RSFSR, 1961 Tuwinische Autonome Sozialistische Sowjetrepublik, 1991 Republik Tuwa, seit 1994 Tywa, mit der Hauptstadt Kyzyl am Oberlauf des Flusses Jenissej im Verband der Russischen Föderation).

Nach publizierten mongolischen Angaben von 1990 leben in der Mongolischen Republik ca. viertausend und in China ca. zweitausend Tuwiner. In der Mongolei sollen laut Statistik älteren Datums vierzigtausend Menschen wohnen, aber die Volkszählung vor etwa zehn Jahren hat gezeigt, daß sich wesentlich weniger als Tuwiner bezeichnen.

Die Tuwiner hängen in religiöser Hinsicht dem Schamanismus und dem nördlichen Buddhismus (Lamaismus) an. Beide Religionen erfahren nach jahrzehntelanger Unterdrückung heute eine starke Wiederbelebung.

# Galsan Tschinag

Galsan Tschinag, eigentlich Irgit Schynykbaj-oglu Dshurukawaa, kommt 1943 im Altai-Gebirge in der Westmongolei zur Welt. Seine Geburts- und Wohnstätte ist eine Jurte und seine erste Lehrerin eine Schamanin. Es sind die Gesänge und Epen seines Volkes und die Natur der Bergsteppe, die ihn prägen.

Nach Abschluß der Zehnklassenschule schlägt er ein Angebot, in Moskau zu studieren, aus und gerät 1962 nach Leipzig, wo er Deutsch lernt und und Germanistik studiert. Seitdem schreibt er unter anderem auf Deutsch; Erwin Strittmatter wird neben der Schamanin, die seine Sinne für die Dichtung und den Gesang schärft, zu seinem wichtigsten Lehrmeister.

1968 kehrt er in die Mongolei zurück und lehrt an der Universität in Ulaanbaatar Deutsch, bis er 1976 wegen »politischer Unzuverlässigkeit« mit einem Berufsverbot belegt wird. In den folgenden Jahren lebt er als Übersetzer und Journalist. 1981 erscheint in Ostberlin sein Erstlingsbuch, *Eine tuwinische Geschichte und andere Erzählungen,* in deutscher Sprache. 1991 wird die Titelgeschichte in der Mongolei verfilmt. Es entstehen in dichter Folge Erzählungen, Romane und Lyrikbände, vor allem in deutscher Sprache. 1992 erhält er den Adelbert-von-Chamisso-Preis, 1995 den Puchheimer Leserpreis und 2001 den Heimito-von-Doderer-Preis. Seine Werke werden in über ein Dutzend Sprachen übersetzt.

1995 erfüllt sich Galsan Tschinag einen Traum: Über zweitausend Kilometer führt er die Tuwa-Nomaden, die in den sechziger Jahren zum Teil zwangsumgesiedelt wurden, in die angestammte Heimat im Hohen Altai zurück.

Heute bemüht er sich um die Verwirklichung verschiedener kultureller und wirtschaftlicher Projekte, um dem Nomadentum das Überleben zu sichern.

# Der Verein »Freunde des Altai e. V.«

»Dsud« nennen die Mongolen verheerende Naturkatastrophen, die während eines Menschenalters höchstens zwei-, dreimal vorkommen. Nun erleben die Hirtennomaden in den Jahren 2000 und 2001 hintereinander zwei Kältewinter. Millionen Tiere sind bereits verendet, die Nomaden sind in ihrer Existenz bedroht. Der Wechsel von der Planwirtschaft zur freien Marktwirtschaft hat zudem im letzten Jahrzent zu einem abrupten Wandel geführt. Der Verlust der traditionellen Strukturen zeichnet sich ab.

In dieser Situation hat eine Gruppe von Persönlichkeiten, darunter der Autor Galsan Tschinag und die Ethnologin Amélie Schenk, den Verein »Freunde des Altai e. V.« ins Leben gerufen.

Vorerst geht es darum, tatkräftig den Nomaden beizustehen, die um die Rettung ihrer Herden kämpfen. Der nächste Schritt ist, sich gemeinsam gegen die immer wiederkehrenden Naturkatastrophen zu rüsten. Und schließlich geht es um den Erhalt eines großen Lebensraumes und der Nomadenkultur – und um eine Brücke zwischen Ost und West, die Verständnis für die jeweils andere Lebensform wecken soll. Ein Begegnungszentrum in der Westmongolei ist im Aufbau, ebenso eine Lehr- und Lernstätte zur Wissensvermittlung und Weiterbildung. Ein Umschlagplatz für nomadische Handwerkserzeugnisse ist vorgesehen.

Der Verein ist für jegliche Unterstützung dankbar und hofft auf recht viele begeisterungsfähige Mitglieder.

Informationen durch:
Freunde des Altai e.V. (www.freunde-des-altai.org)
Postfach 10 18 09, D - 28018 Bremen
Tel. +49 (0)421-223 888 0, Fax +49 (0)421-223 888 3
Deutsche Bank, Konto: 53 40 40, BLZ 690 700 24

*Bitte beachten Sie auch die folgenden Seiten …*

**Galsan Tschinag im Unionsverlag**

---

*Das Ende des Liedes*
Dombuk versucht mit Hilfe beschwörender Lieder, eine Stute dazu zu bringen, ein verwaistes Fohlen anzunehmen. Aber ist sie selbst nicht genauso verlassen wie das Fohlen? Seit dem Tod der Mutter muß Dombuk sich allein um die jüngeren Geschwister kümmern. Doch eines Tages stellt Gulundschaa, die Jugendliebe des Vaters, ihre Jurte ganz in der Nähe auf.

»Die Schönheit der Erzählung wächst aus der Kraft ihrer Bilder.«
*Hark Bohm, Die Zeit*

*Tau und Gras*
Tschinag erzählt hier die Geschichten, die der Stoff seiner Kindheit sind und die sich in seine Erinnerung eingegraben haben. Geträumte Wirklichkeit und als Realität erlebte Märchen verbinden sich und münden in einen Gesang auf den Altai.

»Nur wenige Autoren haben die Gabe, den Leser so tief in ferne Kindheiten eintauchen zu lassen.« *Marc-André Podgornik, Neue Ruhr Zeitung*

*Der Wolf und die Hündin*
Ein Wolf und eine Hündin haben sich zusammengetan. Auf ihrer gemeinsamen Jagd haben sie unter Einsatz ihrer letzten Kräfte ein junges Pferd gerissen. Nun werden sie von Jägern und von Schamanen verfolgt, und beide wissen, daß ihre Flucht im Himmel der Wölfe enden wird.

»Tschinag fasziniert mit einem Werk von archaischer Wucht und feiner Psychologie.« *Martin Oehlen, Kölner Stadt-Anzeiger*

*Im Land der zornigen Winde* mit Amélie Schenk
Die Ethnologin Amélie Schenk und Galsan Tschinag berichten in einem Zwiegespräch über Leben, Krankheit, Tod, über das Heranwachsen der Nomadenkinder, über das Schamanentum. Sie geben vielschichtige Einblicke in die Gedankenwelt der Tuwa.

»Eine Liebeserklärung an das Nomadenleben, ein Lesebuch, vor allem aber die Inventarisierung der Sitten und Bräuche eines kleinen, vom Aussterben bedrohten Volkes.« *Marion Löhndorf, Neue Zürcher Zeitung*

---